U0093816

別再死背單字了，背單字有秘訣！

神奇邏輯記憶法，拆解超難纏英單

活用字首字根字尾╳區分上下家族

比較易混淆字╳補充片語

攻克背了十年還是記不起來的英文單字

一起活用邏輯記憶，用單字磚頭建造屬於你的英語大樓吧！

Preface 前言

你在學英文時，是否也有這樣的困擾呢？「單字長得好像好難記」、「這個單字好長背不起來⋯⋯」、「沒有更快速的方式可以記單字嗎？」這些困難一而再再而三地出現在我們學英文的道路上，而英文單字又是語言學習的關鍵，單字記不起來，會話、閱讀跟聽力也會受到影響，導致英文學了再久，還是在原地打轉。

學習單字死背硬記是學得最慢卻忘得最快的方法，需要有策略，才能背得多、記得快、學得熟，因此這本書透過神奇邏輯記憶法，應用字根字首字尾，帶著大家用高效率的方式一磚一瓦地打穩單字地基，從一個單字建造出穩固英文大樓！

中文字可以有邊讀邊、看部首猜字義，英文也可以！活用字根字首字尾拆解單字，一看到字就能掌握含意和發音。像是「dislike不喜歡」，看到dis開頭就可以知道是否定詞；re開頭的單字大多有再次的意思。學會拆解單字，就可以很快速地掌握單字含意和讀音！

dislike	renew
=dis+like	=re+new
=否定+喜歡	=再次+新的
=不喜歡	=更新

期望這本書可以讓大家用更多元的方式學習英文單字，活用邏輯提高學習的效率和效果。不要因為很長的單字、分不清很像的單字、背了十年還是記不起來的頑固單字，而打退堂鼓放棄，單字的掌握才是活用英文的關鍵！不要抗拒學單字，一起活用字根、字首、字尾，用邏輯建造英語摩天大樓！

進入本書之前

 進入本書之前：建立字首、字根、字尾概念

　　背單字是學習語言的第一步，很多人一看到英文就開始狂背單字，但越記頭越痛，長得很像的單字全部搞混，背了十年還是記不起來。

　　單字的掌握是學習語言的關鍵，單字量不夠，會話、閱讀、聽力都會受到影響，但學單字只能「背」的嗎？當然不是！活用邏輯記單字，透過字首、字根、字尾概念來拆解單字，就能迅速理解單字意義，搞懂背不起來的英文單字！

 單字拆解法：字首+字根+字尾

　　拆解法就是將單字拆解成字首+字根+字尾（Prefix+Root+Suffix），用意義來領悟。在許多單字裡，最主要的核心字義，會在字根呈現；字尾會決定單字的詞性；字首會讓單字延伸不同的含意。例如unhappy可以拆解成否定un+開心的happy；misuse可以拆解成錯誤mis+使用use，因此拆解單字一眼就可以看出單字的含意，也能將字義記得更準確！以下舉幾個常見的例子，一起認識字首、字根、字尾吧！

unhappy	misuse
=un+happy	=mis+use
=否定+開心的	=錯誤+使用
=不開心	=濫用

字首

dis- 不；相反的；分離；反轉

❶ **disapprove** (v.) 不同意、不贊成 → 拆解成：

dis	ap	prove
不	朝向	證實

❷ **disregard** (n.) 不尊重、忽視 → 拆解成：

dis	re	gard
不	往回	看

un- 不；移除；表否定

❶ **uncertain** (adj.) 不確定的、含糊的 → 拆解成：

un	cert	ain
無	確信	形容詞字尾

❷ **uncover** (v.) 揭開、移去覆蓋物 → 拆解成：

un	cover
移除	覆蓋

字根

anim 生命

❶ **animal** (n.) 動物 → 拆解成：

anim	al
生命	名詞字尾

❷ **inanimate** (adj.) 無生命的 → 拆解成：

in	anim	ate
無	生命	表示性質

cord 心

❶ cordial (adj.) 熱忱的、衷心的　→ 拆解成：

cord	ial
心	形容詞字尾

❷ discordant (adj.) 不一致的、不和諧的　→ 拆解成：

dis	cord	ant
不	心	形容詞字尾

字尾

age 數量、狀態、費用

❶ shortage (n.) 缺乏、不足　→ 拆解成：

short	age
缺少	狀態

❷ mileage (n.) 里程數　→ 拆解成：

mile	age
英里	數量

ful 充滿……的

❶ respectful (adj.) 尊重的　→ 拆解成：

re	spect	ful
回	看	形容詞字尾：充滿……的

❷ joyful (adj.) 快樂的、喜悅的　→ 拆解成：

joy	ful
快樂	形容詞字尾：充滿……的

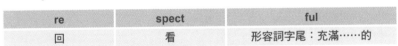

使用說明

神奇邏輯一：拆解單字，輕鬆一次記5個！

advance
v. 推進、促進／*n.* 前進、進展

單字家族裡每個成員看起來很相似，但睜大眼睛看，使用不同的組成方式，就各有不同的意思喔！就讓我們一磚一瓦建立與「advance」相關的字詞，輕鬆和樓上與樓下各個單字混熟吧！

單字磚頭：從一個單字開始，帶你一磚一瓦堆疊單字大樓！

樓上家族

advance	ment
advance	d
advance	

建築草圖：九宮格草圖拆解英文單字。「advance促進」加上d就變成「先進的」，加上名詞字尾 ment就變成了「增進」，單字之間的關係一看圖就懂，輕鬆建造英文大樓！

樓下家族

advan	tage	
dis advan	tage	
advan	tage	ous

樓上

❶ advancement → *n.* 增進；促進
　　　　　　　 └→名詞字尾

❷ advanced → *adj.* 先進的；高級的

❸ advance → *v.* 推進；促進／*n.* 前進；進展

樓下

❶ advantage → *n.* 優點；好處／*v.* 促進；有助於
　　　　　　 └→表示「性質」

❷ disadvantage → *n.* 不利條件
　　└→表示「不、相反」

❸ advantageous → *adj.* 有利的；有優勢的
　　　　　　　　 └→形容詞字尾

鄰居介紹：
advance/advantage/advanced這些單字長得好像，到底意思差在哪？有什麼不同？拆解單字分析結構，讓你一次搞懂「大眾臉」單字！

神奇邏輯二：灌入片語水泥、裝好應用鋼筋，為英語大樓打穩地基！

片語水泥：節選最核心、最常用、也最常忘的片語用法，幫助讀者掌握學習架構，任何考試都難不倒！

進入片語水泥鞏固實力

A

1. in advance 預先
2. to take advantage of sb. 佔某人便宜
3. be advantageous to... 有助……
4. have advantages over 比……佔優勢

打地基的材料不可混淆

advance / push / further 的共同含意是促進在進行的活動。advance 指有意識地堅決促進好事，使某事有所進展。push 是口語表達，指利用自己的活動或影響來推進、催促某事。further 可以指對好事的促進，也可以指對壞事的助長。

- The selfless patriot tried his best to advance the cause of resistance. 這位無私的愛國者竭盡全力促進反抗事業。
- He is too modest to push his own plans.
  他太謙虛了，不肯鼓吹自己的計劃。
- The absence of adequate medical care furthered the spread of the disease. 醫療照護的欠缺助長了此疾病的傳播。

易混淆字：advance/push/further都有促進的意思，到底差在哪呢？比較字義和使用上的區別，再搭配例句，讓讀者及時解決難題，打穩英文基礎！

敲敲成品測試努力成果

1. He will go abroad to _____ his study after graduation.
   A. pushing　　B. advanced　　C. further

2. Don't _____ me to do anything! I am my own boss.
   A. advance　　B. push　　C. further

中譯：1.他畢業後將出國進修。
2.別逼我去做任何事！我是自己的主人。

Answer: 1. C　2. B

測驗題目檢視成效：研究顯示課後複習5分鐘，可以大幅提升記憶力，趕快打鐵趁熱，測試自己的學習效果吧！

Contents 目錄

● 前言　　　　　● 進入本書之前　　　　　● 使用説明

建築工法

必備單字

able

adj. 有能力的

單字家族裡每個成員看起來很相似，但睜大眼睛看，使用不同的組成方式，就各有不同的意思喔！就讓我們一磚一瓦建立與「able」相關的字詞，輕鬆和樓上與樓下各個單字混熟吧！

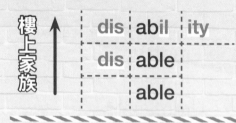

樓上家族	dis	abil	ity
	dis	able	
		able	

| 樓下家族 | cap | able | |
| | cap | abil | ity |

樓上

❶ **disability** → *n.* 無能；無力
└─→ 名詞字尾

❷ **disable** → *v.* 使傷殘；使失去能力
└─→ 表示「不、相反」

❸ **able** → *adj.* 有能力的

樓下

❶ **capable** → *adj.* 有能力的
└─→ 表示「拿取」

❷ **capability** → *n.* 能力；才能
└─→ 名詞字尾

進入片語水泥鞏固實力

1. be **able** to... 能夠⋯⋯
2. be **disabled** from (doing)... 被剝奪（做）⋯⋯的能力
3. be **capable** of (doing)... 有能力（做）⋯⋯
4. have the **capability** of (doing)... 有（做）⋯⋯的能力

打地基的材料不可混淆

able的名詞為ability，ability / competence / capacity 三個字都有「能力」的意思。ability 可以指天賦的能力，又可以指後天培養的能力，主要用於人。competence 強調勝任某項工作的能力。而capacity 主要指容納和吸收的能力，既可用於人，也可用於物，後面接介系詞 for 或 of。

- **We have faith in her ability to handle this affair.**
  我們相信她有能力處理這件事。
- **There is no doubt of his competence for this task.**
  毫無疑問，他能擔負這項任務。
- **The theater has a seating capacity of seven hundred.**
  這個劇場的座位可以容納七百人。

敲敲成品測試努力成果

1. I am _____ to finish my work this week.
   A. disable   B. able   C. enable

2. He has the _____ to do this job.
   A. able   B. ability   C. capable

Answer: 1. B、2. B
中譯：1. 我有能力在這週完成我的工作。
2. 他有能力來做這項工作。

advance
v. 推進、促進／*n.* 前進、進展

單字家族裡每個成員看起來很相似，但睜大眼睛看，使用不同的組成方式，就各有不同的意思喔！就讓我們一磚一瓦建立與「advance」相關的字詞，輕鬆和樓上與樓下各個單字混熟吧！

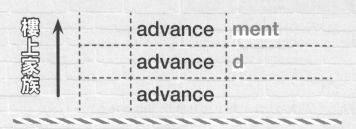

樓上家族 ↑

	advance	ment
	advance	d
	advance	

樓下家族 ↓

	advan	tage	
dis	advan	tage	
	advan	tage	ous

樓上

❶ **advance**ment → *n.* 增進；促進
　　└──▶名詞字尾

❷ **advance**d → *adj.* 先進的；高級的

❸ **advance** → *v.* 推進；促進／*n.* 前進；進展

樓下

❶ **advan**tage → *n.* 優點；好處／*v.* 促進；有助於
　　└──▶表示「性質」

❷ **dis**advan**tage** → *n.* 不利條件
　　└──▶表示「不、相反」

❸ **advan**tage**ous** → *adj.* 有利的；有優勢的
　　　　└──▶形容詞字尾

010

進入片語水泥鞏固實力

1. **in** advance 預先
2. **to take** advantage **of sb.** 佔某人便宜
3. **be** advantageous **to...** 有助……
4. **have** advantages **over** 比……佔優勢

打地基的材料不可混淆

advance / push / further 的共同含意是促進在進行的活動。advance 指有意識地堅決促進好事，使某事有所進展。push 是口語表達，指利用自己的活動或影響來推進、催促某事。further 可以指對好事的促進，也可以指對壞事的助長。

- **The selfless patriot tried his best to** advance **the cause of resistance.** 這位無私的愛國者竭盡全力促進反抗事業。
- **He is too modest to** push **his own plans.**
  他太謙虛了，不肯鼓吹自己的計劃。
- **The absence of adequate medical care** furthered **the spread of the disease.** 醫療照護的欠缺助長了此疾病的傳播。

敲敲成品測試努力成果

1. He will go abroad to _____ his study after graduation.
   A. pushing   B. advanced   C. further

2. Don't _____ me to do anything! I am my own boss.
   A. advance   B. push   C. further

2. 別強迫我做任何事！我是自己的主人。

中譯：1. 他畢業後將出國深造。

Answer: 1. C、2. B

admit

v. 省略、遺漏

單字家族裡每個成員看起來很相似，但睜大眼睛看，使用不同的組成方式，就各有不同的意思喔！就讓我們一磚一瓦建立與「admit」相關的字詞，輕鬆和樓上與樓下各個單字混熟吧！

樓上家族

admiss	ion	
admit	ted	ly
admit		

樓下家族

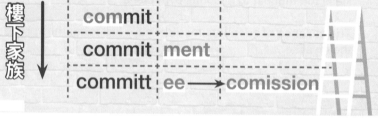

commit		
commit	ment	
committ	ee	→ comission

樓上

❶ admission → *n.* 准許進入；承認；入場費

❷ admittedly → *adv.* 誠然；不可否認

❸ admit → *v.* 承認；准許進入

樓下

❶ commit
→ *v.* 委任；做出承諾；犯下

❷ commitment → *n.* 承諾；委任
└→名詞字尾

❸ committee → *n.* 委員會；監護人
└→表示「做某事的人」

committee 的隔壁鄰居

commission
→ *v.* 委託／
n. 委員會；佣金

進入片語水泥鞏固實力

1. **admit of** 准許
2. **commit** sth. **to paper** 把某件事情寫下來
3. **commit to memory** 記住
4. **commit a crime** 犯罪

打地基的材料不可混淆

committee / commission都有「委員會」的意思。committee 中的成員是被任命、指派的。commission成員負有調查、詢問或書寫報告的責任。

- **The committee has decided to close this shop.**
  委員會已決定要關閉這家商店。
- **The government asked the commission to investigate this matter.**
  政府要求委員會對此進行調查。

敲敲成品測試努力成果

1. Marrige is a _____ to life and a promise of one's character.
   A. admission   B. committee   C. commitment

2. He _____ his mistake and resign from the company.
   A. admitted   B. omitted   C. committed

agree

v. 同意、贊同、一致

單字家族裡每個成員看起來很相似，但睜大眼睛看，使用不同的組成方式，就各有不同的意思喔！就讓我們一磚一瓦建立與「agree」相關的字詞，輕鬆和樓上與樓下各個單字混熟吧！

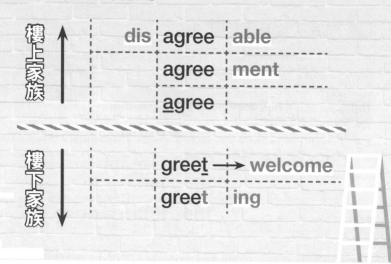

樓上家族

dis	agree	able
	agree	ment
	agree	

樓下家族

| | greet | → welcome |
| | greet | ing |

樓上

❶ disagreeable → *adj.* 令人討厭的；使人厭惡的
└→ 形容詞字尾

❷ agreement → *n.* 同意
└→ 名詞字尾

❸ agree → *v.* 同意

樓下

❶ greet → *v.* 問候；迎接

❷ greeting → *n.* 問候；招呼

greet 的隔壁鄰居

welcome → *v.* 歡迎

進入片語水泥鞏固實力

1. **agree with sb.** 與某人意見一致
2. **agree to + V** 同意
3. **agree on...** 對……取得一致意見
4. **sign an agreement** 簽訂合約

打地基的材料不可混淆

greet / welcome 這兩個字都有「歡迎」的意思。greet 是見面招呼，熱情友好或使人感到愉快的言語或行動，對人表示致意獲歡迎。welcome 指迎接到來的人，常指熱鬧的、官方的或正式的歡迎。

- **He greeted us by shouting a friendly "hello."**
  他大聲地對我們說「哈囉」，向我們致以友好的問候。
- **They welcomed him as soon as he got off the plane.**
  他一下飛機就受到了他們的歡迎。
- **They greeted him with a strained silence.**
  他們以緊張的沉默迎接他。

敲敲成品測試努力成果

1. I don't agree _____ you _____ this matter.
   A. with / on   B. to / with   C. with / of

2. Let's _____ his arrival.
   A. greet   B. welcome   C. greeting

amid

prep. 在……中間

單字家族裡每個成員看起來很相似，但睜大眼睛看，使用不同的組成方式，就各有不同的意思喔！就讓我們一磚一瓦建立與「amid」相關的字詞，輕鬆和樓上與樓下各個單字混熟吧！

樓上家族 ↑

	mid	dle
	mid	st
a	mid	
	mi<u>d</u>	

樓下家族 ↓

mi<u>x</u> →	mingle →	blend
mix	ture	

樓上

❶ middle → *adj.* 中間的

❷ midst → *n.* 正中央
└→ 表示「站立」

❸ amid → *prep.* 在……中間
└→ 表示「朝向」

❹ mid → *adj.* 中央的；中間的

樓下

❶ mix
→ *v.* 混和／*n.* 混和物

❷ mixture → *n.* 混合體
└→ 名詞字尾

mi<u>x</u> 的隔壁鄰居

❶ mingle → *v.* 混和

❷ blend
→ *v./n.* 混和；混雜；摻雜

016

進入片語水泥鞏固實力

1. **in the middle of...** 在……的正中央；正在……中
2. **middle age** 中年
3. **Middle Ages** 中世紀
4. **mix up...** 與……混合
5. **mingle with...** 與……搞混
6. **blend with...** 與……混合

打地基的材料不可混淆

blend / mix 都有「混合」的意思。blend 是把同類的幾樣東西調和在一起，使其產生一種特殊的品質。mix 把不同種類的東西混合成不可區別的狀態，比如水和麵粉的混合需搭配成片語mix up，二個單字在某些情況下可適用。

- **They mix coffee just as I like it.** 他們調合的咖啡正合我的口味。
- **Green results from blending blue and yellow.**
  綠色是由混合藍色和黃色而來的。
- **Oil and water don't mix/blend.** 油和水不會混合。

敲敲成品測試努力成果

1. She put the flour, eggs, etc. into a bowl and _____ them.
   A. blend   B. mixed   C. mingle

2. Don't _____ up the two documents.
   A. blend   B. mix   C. mingle

any

adj. 任何的／*pron.* 任何／*adv.* 稍微

單字家族裡每個成員看起來很相似，但睜大眼睛看，使用不同的組成方式，就各有不同的意思喔！就讓我們一磚一瓦建立與「any」相關的字詞，輕鬆和樓上與樓下各個單字混熟吧！

樓上家族

every	body
some	body
any	body
any	

樓下家族

any	thing
some	thing
every	thing

樓上

❶ everybody → *pron.* 每人、人人

❷ somebody → *pron.* 某人／*n.* 重要人物

❸ anybody → *pron.* 任何人／*n.* 重要的人

❹ any → *adj.* 任何的／*pron.* 任何／*adv.* 稍微

樓下

❶ anything → *pron.* 任何事／*n.* 任何事物／*adv.* 任一方面

❷ something → *pron./n.* 重要的事物、不確定的事物／*adv.* 有點

❸ everything → *pron.* 每件事、一切

進入片語水泥鞏固實力

1. **not ... anymore** 不再
2. **some more** 再多點的
3. **anything but** 根本不、絕不
4. **have something to do with...** 與……有關

打地基的材料不可混淆

any / some這兩個字常常會被拿來比較。原則上some用於肯定句和問句，any則用於疑問句、否定句中。不過也有例外，下列情況就要用some。

@ 想給別人東西時：
- **Will you have some more tea?** 要喝一點茶嗎？

@ 向別人請求時：
- **Could you lend me some money?** 可以借我一點錢嗎？

敲敲成品測試努力成果

1. **They must think he really is _____ .**
   A. somebody　　　B. someone　　　C. anybody

2. **Can I borrow _____ money from you?**
   A. some　　　B. any　　　C. more

Answer: 1. A、2. A
中譯：1. 他們肯定老相信他真的是重要人物。
2. 我可以向你借一些錢嗎？

019

base

n. 底；基礎／*v.* 把……建立在某基礎上

單字家族裡每個成員看起來很相似,但睜大眼睛看,使用不同的組成方式,就各有不同的意思喔!就讓我們一磚一瓦建立與「base」相關的字詞,輕鬆和樓上與樓下各個單字混熟吧!

 樓上家族

base | ment → cellar
base

 樓下家族

bas | ic
bas | ic | s
bas | is

樓上

❶ **basement**
→ *n.* 地下室;地窖
└→名詞字尾

❷ **base**
→ *n.* 底;基礎／
　　v. 把……建立在某基礎上

 basement 的隔壁鄰居

cellar
→ *n.* 地下室;地窖／*v.* 儲存於

樓下

❶ **basic**　→ *adj.* 基礎的
└→形容詞字尾

❷ **basics**　→ *n.* 原理;基礎
└→名詞字尾

❸ **basis**　→ *n.* 根據;基本原理
└→名詞字尾

進入片語水泥鞏固實力

1. **on the basis of** 以……為原則
2. **a basic idea** 基本概念
3. **learn the basics of** 學習……基本原理
4. **be based on** 以……為基礎

B

打地基的材料不可混淆

base / basis / foundation / bottom這四個字都含有「基礎；底部」的意思。base 多指具體物體的基部、底部或支架，也指基地，特別是軍事或工業方面的基地。foundation 強調基礎的牢固性或雄偉性，有時也用作比喻，指事物的根本或根據。bottom 指（物的）底部，如海底、湖底、河床等。

- **The machine rests on a concrete base.** 機器放在混凝土的基座上。
- **What's the basis of your argument?** 你爭論的依據是什麼？
- **The foundation of happiness is the peace of mind.**
  快樂的根源是內心的平和。
- **The bottom of the ocean is unfathomable.** 海底是無可探測的。

敲敲成品測試努力成果

1. Our ancestors lay the _____ of democracy.
   A. basic   B. basement   C. foundation

2. At the _____ of the cliff is a rocky beach.
   A. base   B. basis   C. foundation

Answer: 1. C、2. A
中譯：1. 我們的祖先奠定了民主的基礎。
2. 懸崖下是布滿岩石的海灘。

021

big
adj. 大的

單字家族裡每個成員都是相互相依的！就讓我們一磚一瓦建立與「big」相關的字詞，輕鬆和樓上與樓下各個單字混熟吧！

樓上家族 ↑
enormous
huge
big

樓下家族 ↓
small
tiny
slight

樓上 ↑

❶ enormous → *adj.* 巨大的；龐大的

❷ huge → *adj.* 巨大的；龐大的

❸ big → *adj.* 大的

樓下 ↓

❶ small → *adj.* 小的

❷ tiny → *adj.* 微小的

❸ slight → *adj.* 少量的；微小的

進入片語水泥鞏固實力

1. **small talk** 閒話家常
2. **dream big** 大膽作夢
3. **a slight chance** 機會渺茫
4. **an enormous difference** 巨大的分歧

B

打地基的材料不可混淆

big / huge / enormous 這三個字都是「大的」，但是它們的「大」程度還是有些微的差別，一般認定這三個詞的程度為：big<huge<enormous。另外，它們也有慣用的搭配名詞。

- **He is a big boy.** 他是個大男孩了。
- **A huge number of people is going to attend the party.**
  為數眾多的人將參加那場派對。
- **He is rich enough to own a/an big/huge/enormous house.**
  他富有到足以擁有一間大房子。

敲敲成品測試努力成果

1. You are too _____ to reach to ceiling.
   A. small   B. big   C. slight

2. Don't tell her your secret! She has a _____ mouth.
   A. small   B. big   C. tiny

body

n. 身體、軀體

單字家族裡每個成員都是相互相依的！就讓我們一磚一瓦建立與「body」相關的字詞，輕鬆和樓上與樓下各個單字混熟吧！

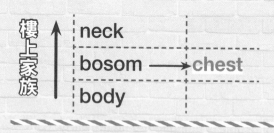

樓上家族
- neck
- bosom → chest
- body

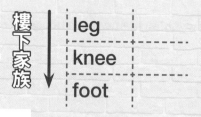

樓下家族
- leg
- knee
- foot

樓上

❶ neck → *n.* 脖子

❷ bosom → *n.* 胸懷；懷中

❸ body → *n.* 身體；軀體

bosom 的隔壁鄰居 chest → *n.* 胸懷；胸部

樓下

❶ leg → *n.* 腿

❷ knee → *n.* 膝蓋

❸ foot → *n.* 腳

進入片語水泥鞏固實力

1. **have cold feet** 感覺害怕或沮喪；失去信心
2. **bosom friend** 好友
3. **on one's own two feet** 自食其力
4. **on one's knees** 瀕臨失敗

打地基的材料不可混淆

breast / chest 這兩個字都有「胸、胸部」的意思。breast 指胸部，常指女性的乳房。chest 指胸或胸膛。

- **A baby is feeding at his mother's breast.** 小孩在吃奶。
- **My chest hurts.** 我胸部疼痛。

敲敲成品測試努力成果

1. The new restaurant is already on its _____ because of poor advertising.
   A. legs   B. foot   C. knees

2. I am going to go there on _____.
   A. foot   B. feet   C. leg

B

bold
adj. 大膽的、無懼的

單字家族裡每個成員看起來很相似，但睜大眼睛看，使用不同的組成方式，就各有不同的意思喔！就讓我們一磚一瓦建立與「bold」相關的字詞，輕鬆和樓上與樓下各個單字混熟吧！

樓上家族
- brave | ry
- brave
- bold

樓下家族
- coward
- coward | ice
- coward | ly

樓上

❶ bravery → *n.* 勇敢、勇氣
└→名詞字尾

❷ brave → *adj.* 勇敢的

❸ bold → *adj.* 大膽的、無畏的

樓下

❶ coward → *n.* 膽小鬼；懦夫

❷ cowardice → *n.* 膽小；膽怯
└→表示「狀態、性質」

❸ cowardly → *adj.* 膽小的
└→形容詞字尾（通常為副詞字尾）

進入片語水泥鞏固實力

1. **make / be so bold** （尤指在社交場合）冒昧地（做某事）；擅自（做某事）
2. **(as) bold as brass** 厚顏無恥
3. **bold-faced** 體黑字的
4. **a brave new world** 美麗新世界

打地基的材料不可混淆

bold / brave 這兩個字都有「勇敢」的意思。bold 有勇往直前、不顧困難、富於冒險的意思，但有時bold含有貶意，有「莽撞；無理」之意。brave 比較常用，多用於口語或非正式文中。

- **You are brave to defy convention.** 你公然抵抗傳統是很勇敢的。
- **It is very bold of us to venture to go to sea.** 我們冒險航海是很大膽的。

敲敲成品測試努力成果

1. The _____ fellow simply put out his hand and asked for more money.
   A. brave   B. coward   C. bold

2. Be _____ and never look back!
   A. brave   B. coward   C. bold

中譯：1. 這個無理的傢伙逕自伸出手來要更多的錢。
2. 勇敢一點，絕不後悔！

Answer: 1. C、2. A

border

n. 邊界、邊緣 *v.* 毗鄰

單字家族裡每個成員看起來很相似，但睜大眼睛看，使用不同的組成方式，就各有不同的意思喔！就讓我們一磚一瓦建立與「border」相關的字詞，輕鬆和樓上與樓下各個單字混熟吧！

樓上家族

border | line → marginal
------
border

樓下家族

bound
------
bound | ary

樓上

❶ borderline
→ *adj.* 兩可的；臨界的；所屬不清的

❷ border → *n.* 邊界；界線

borderline 的隔壁鄰居

marginal → *adj.* 邊緣的
└→形容詞字尾

樓下

❶ bound → *adj.* 受約束的／ *v.* 跳躍

❷ boundary → *n.* 邊界；界線
└→名詞字尾

 進入片語水泥鞏固實力

1. be bound to 一定會
2. a southbound train 往南的列車
3. border checkpost 國境檢查站
4. a borderline case 難以確認的狀態

 打地基的材料不可混淆

border / boundary 這兩個字都有「邊界」的意思。boundary 多指地圖上的領土、分界線（山脈、河流等形成的天然「邊界線」）。border 指國家邊境地帶、範圍較廣的地區。

- **The enemy troops crossed the border.** 敵軍越過了邊界。
- **Please mark the boundaries of the football field.**
  請劃出足球場的邊界。

敲敲成品測試努力成果

1. He is _____ to do what he has promised.
   A. helpful　　　B. superior　　　C. bound

2. You'll get to Canada after you cross the _____.
   A. marginal　　　B. bound　　　C. border

2. 在通過邊境之後你便會抵達加拿大了。
中譯：1. 他一定會做到他所承諾的。
Answer: 1. C、2. C

care

n. / v. 照顧、關心

單字家族裡每個成員看起來很相似,但睜大眼睛看,使用不同的組成方式,就各有不同的意思喔!就讓我們一磚一瓦建立與「care」相關的字詞,輕鬆和樓上與樓下各個單字混熟吧!

樓上家族

| caut | ious |
| caut | ion |

樓下家族

| care | |
| cure → | heal |

樓上

❶ cautious → *adj.* 小心的;謹慎的
└→形容詞字尾
└→表示「惟恐」

❷ caution → *n. / v.* 謹慎;小心
└→名詞字尾

樓下

❶ care → *n. / v.* 照顧;關心

❷ cure → *n. / v.* 治療

cure 的隔壁鄰居
heal
→ *v.* 治癒

進入片語水泥鞏固實力

1. **care for** 照顧；喜歡
2. **take care of** 照料；注意
3. **take care of oneself** 照顧自己；自己處理
4. **It's one's treat** 由某人請客

C

打地基的材料不可混淆

cure / heal 都有「治癒」的意思。cure 指用藥物治癒疾病。heal 著重指治好外傷或燒傷後的患部，使傷口癒合。

- **The medicine can cure the cold.** 這種藥可以治療感冒。
- **His wound began to heal.** 他的傷口開始癒合了。

敲敲成品測試努力成果

1. Would you please take _____ of the baby for a while?
   A. care　　　　B. caring　　　　C. cares

2. She is a _____ driver.
   A. care　　　　B. caution　　　　C. cautious

center

n. 中心、核心／*v.* 放在中間

單字家族裡每個成員看起來很相似,但睜大眼睛看,使用不同的組成方式,就各有不同的意思喔!就讓我們一磚一瓦建立與「center」相關的字詞,輕鬆和樓上與樓下各個單字混熟吧!

樓上家族

central	ism
central	
center	

樓下家族

con	verge	
con	centr	ate → focus

樓上

❶ central**ism** → *n.* 中央集權主義
└→表示「學科;學說;主義」

❷ central → *adj.* 中央的
└→形容詞字尾

❸ center → *n.* 中心、核心／*v.* 放在中間

樓下

❶ con**verge** → *v.* 聚集;集中
└→表示「共同;一起」

❷ con**centrate** → *v.* 集中;專注
└→動詞字尾

concentrate 的隔壁鄰居

focus
→ *v.* 集中;專注

1. converge at a point 在某一點上趨近、會合
2. concentrate on... 專注於⋯⋯
3. central station 中央車站
4. fitness center 健身中心

center / middle 都有「中」的意思。center 的意思是「中心；正中」，只用於空間，或指某些場合，如圓、球、城市的中心，更確切的指與各線、各面等距離的中心。middle 的意思是「中間；中部；當中」，用於長形物體中間、道路兩側中，可指空間、時間、某些活動的中間。

• **Center this picture on the wall, please.** 請把這幅畫掛在牆上正中央。
• **Come and sit in the middle!** 來，坐到中間來！

1. I couldn't _____ his boring speech.
　　A. converge on　　B. concentrate on　　C. concentrate at

2. I heard a terrible scream in the _____ of the night.
　　A. center　　　　B. middle　　　　C. central

conscience

n. 良心

單字家族裡每個成員看起來很相似，但睜大眼睛看，使用不同的組成方式，就各有不同的意思喔！就讓我們一磚一瓦建立與「conscience」相關的字詞，輕鬆和樓上與樓下各個單字混熟吧！

樓上家族

conscien | tious

consci | ence

樓下家族

consci | ous → aware

un | consci | ous

樓上

❶ conscientious → *adj.* 認真的；依良心行事的
└─▶ 形容詞字尾

❷ conscience → *n.* 良心
└─▶ 名詞字尾
└─▶ 表「知道」（to know）

樓下

❶ unconscious
→ *adj.* 失去知覺的
└─▶ 表示「不、沒有」

❷ conscious
→ *adj.* 意識到的
└─▶ 形容詞字尾

conscious 的隔壁鄰居

aware
→ *adj.* 意識到的；明白的；知道的

進入片語水泥鞏固實力

1. on one's conscience 引起某人悔恨或內疚
2. be conscious of 意識到
3. be aware of 意識到
4. have a clear conscience 問心無愧

C

打地基的材料不可混淆

conscious / aware 都有「察覺」的意思，多指注意到某事物的存在，唯 conscious 可用來指「意識到某人事物的存在」，如 to be conscious of the fact that...、to become conscious that someone is...；使用 aware 時則多指「認知到某人事物」，如 to be aware of the mistake 等。

- **I'm conscious of the fact that I had done something terribly wrong.**
  我察覺到我犯下了滔天大錯。。
- **Be aware of the risks you're taking.** 請認知到你需要承擔的風險。

敲敲成品測試努力成果

1. The marathon runner passed out and became _____.
  A. conscientious   B. conscious   C. unconscious

2. Be _____ of the danger you may encounter.
  A. conscience   B. beware   C. aware

continue

v. 繼續、連續

單字家族裡每個成員看起來很相似，但睜大眼睛看，使用不同的組成方式，就各有不同的意思喔！就讓我們一磚一瓦建立與「continue」相關的字詞，輕鬆和樓上與樓下各個單字混熟吧！

樓上家族

continu | ous

continu | ity

continue

樓下家族

connect

connect | ion

dis | connect

樓上

❶ **continuous** → *adj.* 不斷延伸的
└─▶ 形容詞字尾

❷ **continuity** → *n.* 連續（性）；持續（性）
└─▶ 名詞字尾

❸ **continue** → *v.* 繼續、連續
└─▶ 表示「保持」

樓下

❶ **connect** → *v.* 連接；連結
└─▶ 表示「連結」

❷ **connection** → *n.* 連接
└─▶ 名詞字尾

❸ **disconnect** → *v.* 斷絕；打斷
└─▶ 表示「不」

進入片語水泥鞏固實力

1. the continuity in / between... ……中／之間的連續性
2. in connection with... 關於……；與……有關
3. disconnect from 由……脫離
4. connect A to B 將 A 連結至 B

C

打地基的材料不可混淆

continual / continuous 都有「連續」的意思。continual 是令人厭煩的一再重複、多次重複。continuous 指連續的、不間斷的。

- **The continual interruption made me distracted.** 不停的打擾使我分心。
- **This special student needs a continuous assessment.**
  這個有特殊學生需要的持續評估的狀況。

敲敲成品測試努力成果

1. She has made a project in _____ with marketing strategies.
   A. connection   B. construction   C. possession

2. _____ the two part and you will get a thorough idea.
   A. connect   B. disconnect   C. continue

cover

v. 覆蓋、掩蓋／*n.* 覆蓋物

單字家族裡每個成員看起來很相似,但睜大眼睛看,使用不同的組成方式,就各有不同的意思喔!就讓我們一磚一瓦建立與「cover」相關的字詞,輕鬆和樓上與樓下各個單字混熟吧!

樓上家族

dis	cover
un	cover
	cover

樓下家族

	shade
	shadow
	shed

樓上

❶ discover → *v.* 發現

❷ uncover → *v.* 揭開

❸ cover → *v.* 覆蓋;掩蓋／*n.* 覆蓋物

樓下

❶ shade → *n.* 陰影／*v.* 遮住;使陰暗

❷ shadow → *n.* 陰暗之處／*v.* 使有陰影

❸ shed → *n.* 棚屋／*v.* 流出

進入片語水泥鞏固實力

1. **cover for...** 代替……；替……掩護
2. **cover up** 掩蓋；蓋住
3. **under cover** 秘密地；暗地裡
4. **be covered with** 被……覆蓋

C

打地基的材料不可混淆

discover / find 都有「發現」的意思。discover 指首次發現從前沒有的東西。find 指丟失的東西被找到了。

● **It was Columbus who discovered America.** 哥倫布發現了美洲。
● **I looked for my pen everywhere and found it in my bag at last.**
  我到處找我的筆，最後在我的袋子裡找到了它。

敲敲成品測試努力成果

1. **The ground is _____ with deep snow.**
   A. covered   B. filled   C. decorated

2. **The politician's affair was _____ by the media.**
   A. covered   B. uncovered   C. found

2. 把名政治人物的緋聞被媒體披露曉了。
中譯：1. 地面覆蓋著一層厚厚的雪。
Answer: 1. **A**、2. **B**

039

custom

n. 習慣、風俗

單字家族裡每個成員看起來很相似，但睜大眼睛看，使用不同的組成方式，就各有不同的意思喔！就讓我們一磚一瓦建立與「custom」相關的字詞，輕鬆和樓上與樓下各個單字混熟吧！

樓上家族

ac	custom	
	custom	er
	custom	s
	custom	

樓下家族

	habit	
in	habit	
in	habit	ant

樓上

❶ **accustom** → *v.* 使習慣
 └─►表示「朝向」

❷ **customer** → *n.* 顧客；主顧
  └─►表示「……的人」

❸ **customs** → *n.* 海關

❹ **custom** → *n.* 習慣、風俗

樓下

❶ **habit** → *n.* 習慣

❷ **inhabit** → *v.* 居住
 └─►表示「裡面」

❸ **inhabitant** → *n.* 居民
  └─►表示「做某事的人」

進入片語水泥鞏固實力

1. **in the habit of** 有……的習慣
2. **out of habit** 出於習慣；潛意識地
3. **be accustomed to** 習慣於……
4. **regular customer** 常客

C

打地基的材料不可混淆

habit / custom 都有「習慣」的意思。habit 指不斷地反覆所形成的個人習慣，custom 指一國或一個社會地風俗習慣。

- **Don't let yourself get into bad habits.** 不要讓你自己養成壞習慣。
- **It's the custom of westerners to exchange gifts at Christmas.**
  耶誕節交換禮物是西方人的風俗習慣。

敲敲成品測試努力成果

1. He makes a _____ of getting up every morning at 5:30.
   A. habit   B. use   C. change

2. It will take some time to _____ the changes in the future.
   A. get accustomed to   B. custom to   C. habit of

damp
adj. 潮濕的／*n.* 潮濕／*v.* 減弱

單字家族裡每個成員看起來很相似，但睜大眼睛看，使用不同的組成方式，就各有不同的意思喔！就讓我們一磚一瓦建立與「damp」相關的字詞，輕鬆和樓上與樓下各個單字混熟吧！

樓上家族 ↑

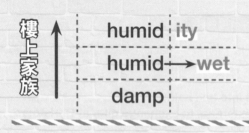

humid ity
humid ——→ wet
damp

樓下家族 ↓

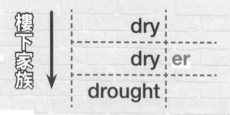

dry
dry er
drought

樓上

❶ **humidity** → *n.* 濕度
└──→ 表示「土地」

❷ **humid** → *adj.* 潮濕的

❸ **damp**
→ *adj.* 潮濕的／*n.* 潮濕／*v.* 減弱

humid 的隔壁鄰居

wet
→ *adj.* 濕的／*v.* 弄濕

樓下

❶ **dry** → *adj.* 乾的

❷ **dryer** → *n.* 吹風機；烘乾機
└──→ 表示「做某事的人／物」

❸ **drought** → *n.* 乾旱；旱災

進入片語水泥鞏固實力

1. **dry out** 使完全變乾;使乾透
2. **dry up** (使)乾涸;(使)乾透;(使)枯竭
3. **dry cleaning** 乾洗
4. **dry ice** 乾冰

打地基的材料不可混淆

damp / wet 都有「潮濕的」的意思。damp 指令人不快的稍微潮濕。wet 指因水或某液體滲透而弄濕的潮濕。humid 指氣候上的潮濕。

- **This is a damp cloth.** 這是一塊潮濕的布。
- **The ground is wet after rain.** 雨後地上是濕的。

敲敲成品測試努力成果

1. Keep the soil _____ while the seed are sprouting.
   A. wet   B. crowded   C. deserted

2. Generally speaking, Taiwan is a _____ country.
   A. wet   B. humid   C. drought

dictation

n. 口述、口授

單字家族裡每個成員看起來很相似，但睜大眼睛看，使用不同的組成方式，就各有不同的意思喔！就讓我們一磚一瓦建立與「dictation」相關的字詞，輕鬆和樓上與樓下各個單字混熟吧！

樓上家族

dictat | or

dictat | e

dictation

樓下家族

diction

diction | ary

樓上

❶ dictat**or** → *n.* 獨裁者；口述者
└──► 表示「做某事的人」

❷ dictat**e** → *v.* 聽寫；口授
└──► 表示「說」

❸ dictation → *n.* 口述、口授

樓下

❶ diction → *n.* 發音方法

❷ diction**ary** → *n.* 字典

進入片語水泥鞏固實力

1. **look the word up in the** dictionary 查字典
2. **a clear** diciton 清楚的發音
3. **do** dictation 做聽寫考試
4. **a cruel** dictator 殘酷的獨裁者

D

打地基的材料不可混淆

listen / hear 都有「聽」的意思。listen 強調的動作，後要加 to。hear 是自然的聽到。

- **Please** listen **to me.** 請聽我說。
- **I can't** hear **you.** 我聽不見你說的話。

敲敲成品測試努力成果

1. **You use the right brain when you draw a picture or _____ music.**
   A. hear   B. listen   C. listen to

2. **If you don't know the word, a _____ is a good tool for you.**
   A. diction   B. dictator   C. dictionary

differ
v. 相異

單字家族裡每個成員看起來很相似，但睜大眼睛看，使用不同的組成方式，就各有不同的意思喔！就讓我們一磚一瓦建立與「differ」相關的字詞，輕鬆和樓上與樓下各個單字混熟吧！

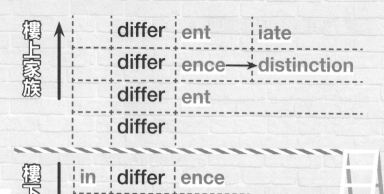

樓上家族			
differ	ent	iate	
differ	ence	→ distinction	
differ	ent		
differ			

樓下家族			
in	differ	ence	
in	differ	ent	

樓上

❶ differentiate → *v.* 區分；辨別
　　└→動詞字尾

❷ difference → *n.* 差異；差別
　　└→名詞字尾

❸ different → *adj.* 不同的
　　└→形容詞字尾

❹ differ → *v.* 相同；相異
　　└→表示「攜帶」
　└→表示「分散」

difference 的隔壁鄰居

distinction
→ *n.* 區別；差別；不同

樓下

❶ indifference → *n.* 漠不關心；冷漠
　　└→表示「不；相反」

❷ indifferent → *adj.* 不關心的

進入片語水泥鞏固實力

1. be **different** from... 與⋯⋯不同
2. make a **difference** 產生差別；有影響
3. **differentiate** between A and B 區分A和B
4. be **indifferent** to ... 對⋯⋯漠不關心

D

打地基的材料不可混淆

difference / distinction 都有「差別」的意思。difference 強調客觀存在的差異。distinction 強調主觀上的差別，指分辨、比較後得出結果。

● **There is a great difference between their study attitude.**
他們的學習態度有很大的差異。
● **He always makes a distinction between tradition and fashion.**
他常常對傳統和時尚進行作出區別。

敲敲成品測試努力成果

1. It is very important to draw a clear _____ between right and wrong.
    A. blueprint   B. definition   C. distinction

2. His appearance is _____ from others in his family.
    A. different   B. difference   C. indifferent

2. 他的外表和他其它家人不一樣。
中譯：1. 分辨善惡是非常重要的。
Answer: 1. C、2. A

direct

adj. 直接的／*v.* 指揮

單字家族裡每個成員看起來很相似，但睜大眼睛看，使用不同的組成方式，就各有不同的意思喔！就讓我們一磚一瓦建立與「direct」相關的字詞，輕鬆和樓上與樓下各個單字混熟吧！

樓上家族

direct	ion
direct	ory
direct	or
direct	

樓下家族

| deliver | |
| deliver | y |

樓上

❶ direction → *n.* 方向；指導
└→名詞字尾

❷ directory → *n.* 通訊錄；工商名錄
└→名詞字尾

❸ director → *n.* 指揮者；導演
└→表示「做某事的人」

❹ direct → *adj.* 直接的／*v.* 指揮

樓下

❶ deliver → *v.* 遞送；實現

❷ delivery → *n.* 遞送；運送；分娩

進入片語水泥鞏固實力

1. **under the direction of...** 在……指導、導演、指揮下
2. **in the direction of** （人和物運動的）方向
3. **deliver on the promise** 實現承諾
4. **board of directors** 董事會

D

打地基的材料不可混淆

direct / directly 都有「直接地」的意思。direct 作為副詞時，用於具體意義的「拐彎；不轉彎」。directly 多用於意義上的「直接地」，它還有「立即；馬上」等意思。

● **You should go direct to him.** 你應該直接去找他。
● **The measure affects us directly.** 這項措施對我們有直接的影響。

敲敲成品測試努力成果

1. The technological innovations have had a _____ impact on our everyday life.
   A. intelligent   B. direct   C. tragic

2. He is the _____ of this movie.
   A. director   B. direction   C. delivery

Answer: 1. **B**、2. **A**
中譯：1. 科技創新已經深深的對我們日常生活產生直接的影響。
2. 他是這部電影的導演。

doubt

v. / n. 疑問、懷疑

單字家族裡每個成員看起來很相似，但睜大眼睛看，使用不同的組成方式，就各有不同的意思喔！就讓我們一磚一瓦建立與「doubt」相關的字詞，輕鬆和樓上與樓下各個單字混熟吧！

樓上家族

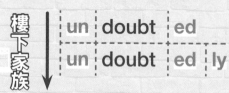

doubt | ful → suspect → suspicious

doubt

樓下家族

un | doubt | ed

un | doubt | ed | ly

樓上

❶ doubtful
→ *adj.* 可疑的；有疑問的
└→表示「充滿……的」

❷ doubt
→ *v. / n.* 疑問；懷疑

doubtful 的隔壁鄰居

❶ suspect
→ *n.* 猜想；懷疑；嫌疑犯 *v.* 懷疑

❷ suspicious
→ *adj.* 可疑的
└→形容詞字尾

樓下

❶ undoubted → *adj.* 無疑的
└→表示「不；沒有」

❷ undoubtedly → *adv.* 無庸置疑地
└→副詞字尾

1. There's no doubt that 無疑的
2. be suspicious of /about sth. 懷疑某事物
3. a possible suspect for ⋯⋯的嫌疑犯
4. in doubt 存疑

D

doubt / suspect 都有「懷疑」的意思。doubt 表示懷疑，後可加that子句，明確地對懷疑內容持否定態度。suspect 也可接that子句，但對懷疑的內容持肯定態度。

* **I doubt the danger in this experiment.** 我不相信這種實驗會有危險。
* **I suspect danger.** 我擔心會有危險。
* **There's no doubt that I believe him.** 毫無疑問地我相信他。
* **I suspect that he's lying.** 我懷疑他在說謊。

1. I _____ that he is not telling the truth.
   A. expand   B. suspect   C. imitate

2. _____, he is the smartest student in the class.
   A. Undoubtedly   B. Undoubted   C. Suspicious

effect

n. / *v.* 影響、引起

單字家族裡每個成員看起來很相似，但睜大眼睛看，使用不同的組成方式，就各有不同的意思喔！就讓我們一磚一瓦建立與「effect」相關的字詞，輕鬆和樓上與樓下各個單字混熟吧！

樓上家族 ↑

e	ffici	ency
e	ffect	ive
e	ffect	→ result

樓下家族 ↓

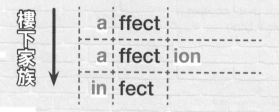

a	ffect	
a	ffect	ion
in	fect	

樓上

❶ **efficiency** → *n.* 效率
└→ 表示「製作」
　　└→ 名詞字尾

❷ **effective** → *adj.* 有效的
└→ 形容詞字尾

❸ **effect** → *n.* / *v.* 影響；引起

樓下

❶ **affect** → *v.* 影響

❷ **affection** → *n.* 感情；感受
└→ 名詞字尾

❸ **infect** → *v.* 使感染

進入片語水泥鞏固實力

1. **put into** effect 使生效
2. **take** effect 生效；起作用
3. **in** effect 事實上；生效
4. **give** effect **to** 實現

打地基的材料不可混淆

effect / result 都有「效果」的意思。effect指效果、影響，和cause（原因）對應，一般指直接的效果。result 指結果，指很多效果、後果的總和。

- **Her success has an enormous effect on her future career.**
  她的成功對她未來的工作有很大的影響。
- **She passed away as a result of serious accident.**
  她由於嚴重意外而過世。

敲敲成品測試努力成果

1. I have tried a lot of medicine; yours is the most _____.
   A. effective　　　B. efficient　　　C. attractive

2. The breakup with his girlfriend _____ every aspect of his life.
   A. effects　　　B. affects　　　C. results

Answer: 1. A、2. B
中譯：1. 我已經看過了很多藥，你的最有效的。
2. 他和他女朋友的分手影響了他生活的所有部分。

053

employ
v. 雇用、從事

單字家族裡每個成員看起來很相似,但睜大眼睛看,使用不同的組成方式,就各有不同的意思喔!就讓我們一磚一瓦建立與「employ」相關的字詞,輕鬆和樓上與樓下各個單字混熟吧!

樓上家族

employ	ment
employ	ee
employ	er
employ → hire

樓下家族

| engage |
| engage | ment |

樓上

❶ employment → *n.* 職業
  └→名詞字尾

❷ employee → *n.* 員工;從業人員
  └→表示「做動作的人」

❸ employer → *n.* 雇主
  └→表示「做某事的人」

❹ employ → *v.* 雇用;從事

employ的隔壁鄰居

hire
→ *v./n.* 雇用

樓下

❶ engage → *v.* 雇用

❷ engagement → *n.* 雇用;租用
  └→名詞字尾

進入片語水泥鞏固實力

1. **out of employment** 失業
2. **be engaged to sb.** 與某人訂婚
3. **be engaged in / on...** 忙於……；致力於……
4. **one's engagement to sb.** 與某人的婚約

打地基的材料不可混淆

employ / hire 都有「雇用」的意思，在受詞為人時基本上可交替使用。唯當受詞為事物時，hire 也有「租借」之意，如 to hire a car；而 employ 則有「運用」之意，如 to employ one's skills。

- **The company employs twenty workers.** 這家公司雇用了20名員工。
- **We hire him to mow our lawn.** 我們雇用他為我們割草。

敲敲成品測試努力成果

1. **Millions of young women are _____ in various industries.**
   A. fired   B. employed   C. included

2. **There are 200 _____ in this company.**
   A. employees   B. employers   C. employment

emerge

v. 發生、出現

單字家族裡每個成員都是相互相依的！就讓我們一磚一瓦建立與「emerge」相關的字詞，輕鬆和樓上與樓下各個單字混熟吧！

樓上家族

e	merge	ncy
e	merge	

樓下家族

	appear	
	appear	ance —→ presence

樓上

❶ **emerge**ncy → *n.* 緊急情況

❷ **emerge** → *v.* 浮現
└─→ 表示「做動作的人」
└─→ 表示「向外」

樓下

❶ **appear**
→ *v.* 出現；似乎

❷ **appear**ance
→ *n.* 出現；外貌

appearance 的隔壁鄰居

presence
→ *n.* 出席；存在

 **進入片語水泥鞏固實力**

1. emergency room 急診室
2. the appearance of sth. 要某事物的出現
3. presence of mind 沉著、鎮定
4. It appears that S + V 似乎……

 **打地基的材料不可混淆**

emerge / appear都有「出現」的意思。emerge指從暗處或隱蔽處出現、浮現。appear指出現、顯現，強調開始被人們看見。

- **The sun finally emerged from the dark clouds.**
  太陽最終從烏雲中出現了。
- **A bus appeared around the corner.** 一輛公車出現在轉角處。

敲敲成品測試努力成果

1. The moon _____ from behind a cloud.
   A. inserted   B. protected   C. emerged

2. His _____ really pleased me.
   A. appear   B. appearance   C. appears to be

especial

adj. 特別的

單字家族裡每個成員看起來很相似，但睜大眼睛看，使用不同的組成方式，就各有不同的意思喔！就讓我們一磚一瓦建立與「especial」相關的字詞，輕鬆和樓上與樓下各個單字混熟吧！

樓上家族

especial	ly
especial	

樓下家族

special	
special	ist
specific → particular	

樓上

❶ **especially** → *adv.* 特別地
└▶副詞字尾

❷ **especial** → *adj.* 特別的（此字只是special的英式拼法）

樓下

❶ **special** → *adj.* 特別的

❷ **specialist** → *n.* 專家
└▶表示「從事某事的人」

❸ **specific**
→ *adj.* 指定的；指明的

specific 的隔壁鄰居

particular
→ *adj.* 特殊的；獨特的；講究的

進入片語水泥鞏固實力

1. **special offer** 特別優惠
2. **special agent** 特務；情報人員
3. **particular about** 講究
4. **in particular** 尤其

E

打地基的材料不可混淆

specially / especially 都有「特別」的意思。specially 指為特別目的而做。
especially 則達到異常的程度。

- **The dress was especially made for you.** 這件衣服是特別為你做的。
- **It's especially cold outside.** 外面特別冷。

敲敲成品測試努力成果

1. I gave her an _____ gift for her birthday.
    A. special   B. specialist   C. especially

2. Please answer the question by providing _____ examples.
    A. especial   B. specific   C. special

except

prep./conj./v. 除了……之外

單字家族裡每個成員看起來很相似，但睜大眼睛看，使用不同的組成方式，就各有不同的意思喔！就讓我們一磚一瓦建立與「except」相關的字詞，輕鬆和樓上與樓下各個單字混熟吧！

樓上家族 ↑

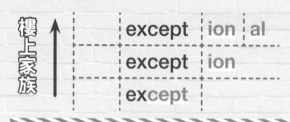

except	ion	al
except	ion	
except		

樓下家族 ↓

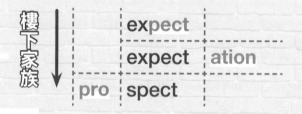

	expect	
	expect	ation
pro	spect	

樓上

❶ **exceptional** → *adj.* 例外的；優秀的
└→表「拿」之字根

❷ **exception** → *n.* 例外；例外的人（或事物）
└→名詞字尾

❸ **except** → *prep. / conj. / v.* 除……之外；除了；把……除外

樓下

❶ **expect** → *v.* 期待；預期

❷ **expectation** → *n.* 期待（的人事物）
└→名詞字尾

❸ **prospect** → *n. / v.* 期望（的人事物）；前景；勘察
└→表示「往前；向前」；spect 表示「看」

060

進入片語水泥鞏固實力

1. **except for...** 除了⋯⋯之外
2. **expect sb. to do sth.** 期待某人做某事
3. **with an/ the exception of...** 只有⋯⋯除外
4. **the prospect of...** ⋯⋯的可能性／前景

打地基的材料不可混淆

besides 這個單字和 except 一樣都有「除外」的意思。唯 except 表示「除了⋯⋯之外；⋯⋯不包括在內」，而 besides 表示「除了⋯⋯之外；還有⋯⋯」。

- **Everyone is here except Fanny.** 除了芬妮之外，大家都在這裡。
- **I have a blue pen besides the red one.** 除了這隻紅筆之外，我還有一隻藍筆。

敲敲成品測試努力成果

1. We enjoyed everything of the trip _____ the bad weather.
   A. except for   B. because of   C. instead of

2. My mother rejoiced at the _____ of me getting the scholarship.
   A. except   B. prospect   C. exeptional

3. Against all _____, she was hired by the famous international corporation.
   A. expectations   B. exceptions   C. prospects

exclaim
v. 驚呼

單字家族裡每個成員看起來很相似，但睜大眼睛看，使用不同的組成方式，就各有不同的意思喔！就讓我們一磚一瓦建立與「exclaim」相關的字詞，輕鬆和樓上與樓下各個單字混熟吧！

樓上家族 ↑

pro	claim		
ex	claim →	shout →	scream
	claim		

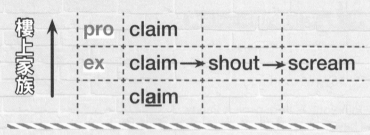

樓下家族 ↓

	clamor	
	clamor	ous

樓上

❶ proclaim → *v.* 呼喊；大叫；驚叫
└→ 表示「往前；向前」之字根；claim 表示「喊叫」

❷ exclaim → *v.* 呼喊；驚叫；叫嚷
└→ 表示「向外」

❸ claim
→ *n. / v.* 要求；權利；提出要求；主張

exclaim 的隔壁鄰居

❶ scream
→ *n. / v.* 尖叫（聲）

❷ shout
→ *n. / v.* 呼喊；叫喊

樓下

❶ clamor
→ *n. / v.* 吵鬧（聲）；喧鬧

❷ clamorous → *adj.* 喧擾的；吵雜的
└→ 形容詞字尾

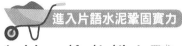

進入片語水泥鞏固實力

1. **claim on/ for/ to/ that** 要求
2. **shout at** 對……大吼
3. **clamor for...** 大聲要求……
4. **proclaim that...** 表示……

打地基的材料不可混淆

proclaim 和 exlaim 都有「大聲地說出」之基本含意。唯 proclaim 更有「宣告；公告；聲明」等正式意味，exclaim 用於「驚呼」，和 scream 與 shout 近義。

E

- **The institution proclaimed him next year's chairman.**
  此機構宣稱他擔任明年主席。
- **"No way! This can't be!" she exclaimd.** 「不可能！怎麼會！」她驚呼。

敲敲成品測試努力成果

1. The winning group _____ excitement when they won the prize.
   A. clamor for   B. exclaimed with   C. claims for

2. She _____ that the business would close down.
   A. proclaimed   B. clamor   C. exclamation

3. I believe I can make a _____ to the award.
   A. clamor   B. scream   C. claim

中譯：1. 團隊贏在獎賽時興奮地大叫。
2. 她表示此企業即將結束事業。
3. 我相信我足能配獲得獎。

Answer: 1. **B**、2. **A**、3. **C**

essential

adj. 必要的／*n.* 基本要素

單字家族裡每個成員看起來很相似，但睜大眼睛看，使用不同的組成方式，就各有不同的意思喔！就讓我們一磚一瓦建立與「essential」相關的字詞，輕鬆和樓上與樓下各個單字混熟吧！

樓上家族

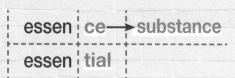

| essen | ce | → substance |
| essen | tial | |

樓下家族

necess	ary
necess	ity
need	

樓上

❶ **essence**
→ *n.* 實質；本質；要素

❷ **essential**
→ *adj.* 必要的／*n.* 基本要素
└→ 形容詞字尾

essence 的隔壁鄰居

substance
→ *n.* 物質；物體

樓下

❶ **necessary**
→ *adj.* 必要的；必須的；必然的；不可避免的

❷ **necessity** → *n.* 必需品

❸ **need** → *n.* / *v.* 需要

進入片語水泥鞏固實力

1. **essential to...** 對……不可或缺
2. **in essence** 實質上；本質上
3. **necessary to...** 對……必要
4. **in need of** 需要

打地基的材料不可混淆

essential / necessary 都有「必要」的意思。essential 指對……重要、不可或缺。necessary 指必要的、必然的，為一般用語。

- **Water is essential to humans.** 水對人是不可或缺的。
- **It is necessary to buy a new dictionary.** 有必要買本新字典。

敲敲成品測試努力成果

1. It's _____ that you win the voters' hearts.
   A. essential　　　　B. initial　　　　C. financial

2. He packed up all the daily _____ and left for his new house.
   A. essence　　　　B. necessities　　　　C. necessary

far

adj. 遠處的／*adv.* 向遠處

單字家族裡每個成員看起來很相似，但睜大眼睛看，使用不同的組成方式，就各有不同的意思喔！就讓我們一磚一瓦建立與「far」相關的字詞，輕鬆和樓上與樓下各個單字混熟吧！

樓上家族

fur	ther
far	ther
far	

樓下家族

near	
near	by
near	ly

樓上

❶ further → *adj.* 較遠的／*adv.* 更進一步／*v.* 助長

❷ farther → *adj.* 更遠的／*adv.* 更遠地

❸ far → *adj.* 遠處的／*adv.* 向遠處

樓下

❶ near → *adj.* 接近的／*adv.* 靠近地／*prep.* 附近／*v.* 接近

❷ nearby → *adj.* 附近的／*adv.* 附近

❸ nearly → *adv.* 幾乎

1. **as / so far as...** 與……的距離相等；就……而言
2. **carry / take sth. too far** 某事做得過份
3. **far from....** 完全不……
4. **so far so good** 目前為止都好

打地基的材料不可混淆

far / distant 都有「遠」的意思。far 表示遙遠的距離。distant 表示距離或時間上的遙遠。

F

• **We came from a far country.** 我們來自遠方的國家。
• **The house is a mile distant from town.**
  這幢房子位於離鎮上一英里的地方。

敲敲成品測試努力成果

1. He will go abroad for _____ study after graduation.
   A. further   B. farther   C. father

2. We live _____ from each other.
   A. near   B. far   C. nearby

finish

v. / n. 到達、終止、結束

單字家族裡每個成員看起來很相似，但睜大眼睛看，使用不同的組成方式，就各有不同的意思喔！就讓我們一磚一瓦建立與「finish」相關的字詞，輕鬆和樓上與樓下各個單字混熟吧！

樓上家族

fin｜ite

fin｜al

fin｜ish

樓下家族

termin｜ate

termin｜al ⟶ end

樓上

❶ finite → *adj.* 有限的

❷ final → *adj.* 最後的
└➤形容詞字尾

❸ finish → *v. / n.* 到達；終止；結束
└➤表「結束；界線」

樓下

❶ terminate → *v.* 終止；中斷
└➤表「終止」

❷ terminal
→ *n.* 終點／*adj.* 終點的

terminal 的隔壁鄰居

end
→ *v. / n.* 結束；終止

進入片語水泥鞏固實力

1. **finish doing sth.** 做完某事
2. **finish sth.** 用完某物
3. **finish up with...** 以……結束
4. **end up with...** 以……結束

打地基的材料不可混淆

finish / —finish up / —finish off 都有「吃完、喝光」的意思，也有結束手邊正在進行的事物之意。finish up 有一易混淆片語 end up，差別在於 end up 通常用來表示「結果成為……；以……作結」之意，且多有負面之意，雖然 finish up 也可用來表示比賽結果，但多用在單純描述結束某事物。

● **He finished / finished up / finished off the rest the milk.**
他喝完了剩下的牛奶。

敲敲成品測試努力成果

1. The singer was scared to sing in public at first; however, after practicing for many years, he's _____ able to overcome the fear.
   A. finally   B. luckily   C. rapidly

2. They _____ up in divorce.
   A. final   B. ended   C. finished

Answer: 1. A、2. B
中譯：1. 起先這位歌手一開始在大眾面前非常害怕唱歌；然而，經過多年的練習，他終於能克服恐懼。
2. 他們最終以離婚收場。

flu
n. 流行性感冒

單字家族裡每個成員看起來很相似，但睜大眼睛看，使用不同的組成方式，就各有不同的意思喔！就讓我們一磚一瓦建立與「flu」相關的字詞，輕鬆和樓上與樓下各個單字混熟吧！

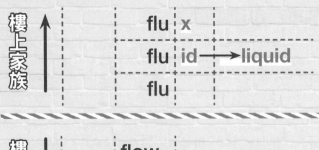

樓上家族

flu	x	
flu	id ——→	liquid
flu		

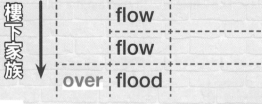

樓下家族

flow	
flow	
over	flood

樓上

❶ flux
→ *n.* 不斷的變動；不停的變化

❷ fluid
→ *n.* 分泌的液體／ *adj.* 流質的；流體的

❸ flu
→ *n.* 流行性感冒

fluid 的隔壁鄰居

liquid
→ *n.* 液體／ *adj.* 流動的

樓下

❶ flow → *v.* ／ *n.* 流出；流程

❷ overflow → *v.* 溢出；氾濫；充滿／ *n.* 容納不下的人

❸ flood → *v.* 使淹沒；擠滿／ *n.* 洪水

進入片語水泥鞏固實力

1. **overflow with** 充滿；洋溢
2. **flow in / into** 不斷湧入
3. **be flooded with** 充斥著
4. **type A flu** A型流感

打地基的材料不可混淆

fluid / liquid 都有「液」的意思，但是 fluid 多用來形容某物質或狀態為流動的、液態的，而 liquid 則用來指「液體」，如 Liquids are all fluid。兩個單字皆可作形容詞和名詞。

- **Molasses is a fluid substance.** 糖漿是一種液狀物質。
- **Air, whether in the gaseous or liquid state, is a fluid.** 空氣，無論氣態的或是液態的，都是一種流體。
- **Water is a liquid.** 水是液體。

敲敲成品測試努力成果

1. The _____ is contagious. Be careful.
   A. flux   B. flu   C. flow

2. They are _____ with happiness at the birth of their child.
   A. flowing   B. overflowing   C. fluid

free

adj. 自由的／*adv.* 不受約束地／*v.* 解放

單字家族裡每個成員看起來很相似，但睜大眼睛看，使用不同的組成方式，就各有不同的意思喔！就讓我們一磚一瓦建立與「free」相關的字詞，輕鬆和樓上與樓下各個單字混熟吧！

 樓上家族

free | dom ——→ liberty

free

 樓下家族

free | ze

free | zer

 樓上

❶ **freedom**
→ *n.* 自由；解放；解脫

❷ **free**
→ *adj.* 自由的／*adv.* 不受約束地／*v.* 解放

 freedom 的隔壁鄰居

liberty
→ *n.* 自由

樓下

❶ **freeze**
→ *v.* ／*n.* 冷凍；凍結；結冰

❷ **freezer**
→ *n.* 冷凍庫；冰箱

1. be free from 不受（危險或不愉快事物的）傷害
2. be free to do sth. 不受約束地做某事
3. freeze one's blood 使某人害怕、恐懼
4. freeze out 逼走；排擠
5. at liberty to do sth. （指人）獲得許可做某事

打地基的材料不可混淆

free / freely 作副詞時，意思不太相同。free 指免費、不用付款。freely 有自由地、無拘無束地、不受限制地等意思。

F

- **Children under five travel for free.** 五歲以下的兒童乘客免費。
- **You can travel freely to all parts of the country.**
  你可以在國內各地自由旅行。

敲敲成品測試努力成果

1. They want to visit the Statue of _____ in the United States.
   A. Freedom　　　B. Liberty　　　C. Free

2. The protestors are struggling to strive for their own _____.
   A. free　　　B. liberal　　　C. freedom

Answer: 1. B、2. C
中譯：1. 他們想要去參觀美國的自由女神。
2. 抗議者在盡其全力爭取他們的自由。

fore

adj. 在運輸工具前部的、突出的或重要的／
adv. 船或飛行器前部／*n.* （船的、飛行器的）前部

單字家族裡每個成員看起來很相似，但睜大眼睛看，使用不同的組成方式，
就各有不同的意思喔！就讓我們一磚一瓦建立與「fore」相關的字詞，輕鬆
和樓上與樓下各個單字混熟吧！

樓上家族

| be | fore |
| | fore |

樓下家族

for	ward
form	er
for	th

樓上

❶ before → *conj. / prep. / adv.* 在……之前；從前

❷ fore
→ *adj.* 在運輸工具前部的、突出的或重要的／
adv. 船或飛行器前部／*n.* （船的、飛行器的）前部

樓下

❶ forward
→ *adj.* 前方的；前面的／*n.* 前鋒；先鋒／*adv.* 前面；在前面／
v. 傳遞；促進；運送
└─▶ 表示「往……方向的」

❷ former → *adj.* 以前的；前者的

❸ forth → *adv.* 在前方；向外；向前

進入片語水泥鞏固實力

1. **back ward(s) and forward(s)** 來回地；往返地
2. **forward(s)...to sb.** 把……轉寄給某人
3. **back and forth** 來回；一來一往
4. **look forward to N./V-ing** 期望

打地基的材料不可混淆

before / go 都有「以前」的意思。ago 的用法就是把時間長短放在ago之前，如「three months ago」即表」三個月之前，而 before用於某時間點之前。

• **I came to Taipei three years ago.** 三年前我到了台北。

before 後可加名詞、動名詞，以及句子。

• **She mailed a package before work.**
  = **She mailed a package before going to work.**
  = **She mailed a package before she went to work.**
  上班前她去寄了包裹。

敲敲成品測試努力成果

1. _____ she went on a date with Terry, she put on her best perfume.
   A. After   B. Before   C. Because

2. Come _____ so you can see it clearly.
   A. before   B. former   C. forward

中譯：1. 在和泰瑞約會前，她噴上最好的香水。
2. 上前來，這樣你才能看清楚一點。

Answer: 1. B、2. C

F

grade
n. 分數、成績、分級

單字家族裡每個成員看起來很相似，但睜大眼睛看，使用不同的組成方式，就各有不同的意思喔！就讓我們一磚一瓦建立與「grade」相關的字詞，輕鬆和樓上與樓下各個單字混熟吧！

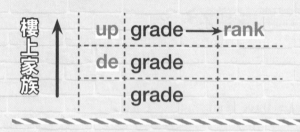

樓上家族

up	grade	→ rank
de	grade	
	grade	

樓下家族

	grad	uate
	grad	ual
	grad	uation

樓上

❶ **up**grade → *v. / n.* 躍升；上升；增加
└→ 表示「向上」

❷ **de**grade → *v.* 降低
└→ 表示「解除、反轉」

❸ grade → *n.* 分數；成績；分級

upgrade 的隔壁鄰居

rank
→ *v. / n.* 等級；階層

樓下

❶ **grad**uate → *n.* 畢業生／*v.* 畢業；授予學位
└→ 表示「步行」

❷ **grad**ual → *adj.* 逐漸的；漸進的
└→ 形容詞字尾

❸ **grad**uation → *n.* 畢業

進入片語水泥鞏固實力

1. **make the grade** 達到預期的標準
2. **on the up / down grade** 逐漸好轉／惡化
3. **graduate in...** 畢業於……
4. **graduation ceremony** 畢業典禮

打地基的材料不可混淆

graduate in / graduate at 都有「畢業於」的意思。graduate in 指獲得……的學位（尤指學士學位），in 後面接所學的專業。graduate at / from 指從……（大學）畢業，at 後面接學校。

- **My sister graduated in science from York University.**
  我姊姊畢業於約克大學，獲得理工學位。
- **He graduated at Harvard last year.** 他去年畢業於哈佛大學。

G

敲敲成品測試努力成果

1. I _____ law at Taiwan University.
   A. graduated in   B. spent in   C. participate in

2. The _____ ceremony is going to be held in June next year.
   A. graduate   B. graduation   C. gradual

gene

n. 基因、遺傳因子

單字家族裡每個成員看起來很相似，但睜大眼睛看，使用不同的組成方式，就各有不同的意思喔！就讓我們一磚一瓦建立與「gene」相關的字詞，輕鬆和樓上與樓下各個單字混熟吧！

樓上家族

gen	ious → talent
gen	etic
gen	e

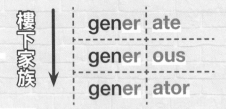

樓下家族

gener	ate
gener	ous
gener	ator

 樓上

❶ **genius** → *n.* 天才；英才
└─→表示「生；產生」

❷ **genetic** → *adj.* 遺傳學的

❸ **gene** → *n.* 基因；遺傳因子

genius 的隔壁鄰居

talent
→ *n.* 天才；天賦

 樓下

❶ **generate** → *v.* 產生；造成
└─→表示「產生」

❷ **generous** → *adj.* 慷慨的；大方的

❸ **generator** → *n.* 發電機；產生器

進入片語水泥鞏固實力

1. **have a genius for doing sth.** 做某事有非凡天份
2. **the genius of sth.** 某事物的特質
3. **genetic engineering** 基因工程
4. **a stroke of genius** 絕佳的點子

打地基的材料不可混淆

genius / talent 都有「天才、天賦」的意思。genius 通常指非凡的智慧、技能和藝術創作能力。talent 指與生俱來擅長做某事的能力。

- **the genius of Shakespeare** 莎士比亞的天才
- **She has great artistic talent.** 她很有藝術天賦。

G

敲敲成品測試努力成果

1. She is a very _____ host; everyone had a great time.
   A. genetic   B. talent   C. generous

2. The illness is caused by a defective _____.
   A. genetic   B. generous   C. gene

geography

n. 地理學、地形、地勢

單字家族裡每個成員看起來很相似，但睜大眼睛看，使用不同的組成方式，就各有不同的意思喔！就讓我們一磚一瓦建立與「geography」相關的字詞，輕鬆和樓上與樓下各個單字混熟吧！

樓上家族

geolo	gist
geo	logy
geo	graphy

樓下家族

geo	centric
geo	metric

樓上

❶ **geologist** → *n.* 地質學家
　└→ 表「地球」
　　　└→ 表示「行為者」

❷ **geology** → *n.* 地理學；地質
　　└→ 表示「學科」

❸ **geography** → *n.* 地理學；地形；地勢
　　└→ 表示「紀錄」

樓下

❶ **geocentric** → *adj.* 以地球為中心的

❷ **geometric** → *adj.* 幾何的

進入片語水泥鞏固實力

1. **to study geography** 研究地理學
2. **to be a geologist** 成為地質學家
3. **the geocentric theory** 地心説
4. **geometric shape** 幾何圖形

打地基的材料不可混淆

geology / geologist 兩個字看起來雖然很像，但是字尾–logy 和–ist 分別表示「學科」和「行為者」，如此便能輕易分辨兩者的差異。

- **He has been dreaming about becoming a geologist since he was little.** 他從小時候便夢想著能成為一名地質學家。
- **It is interesting to learn geography.**
  學習地理是一件很有趣的事情。

G

敲敲成品測試努力成果

1. This _____ design is eye-catching.
   A. geocentric　　　B. geometric　　　C. geology

2. He is a famous _____.
   A. geologist　　　B. geology　　　C. geography

grateful

adj. 感謝的、感激的

單字家族裡每個成員看起來很相似，但睜大眼睛看，使用不同的組成方式，就各有不同的意思喔！就讓我們一磚一瓦建立與「grateful」相關的字詞，輕鬆和樓上與樓下各個單字混熟吧！

樓上家族

dis	grace	
	grace	ful

樓下家族

	grate	ful
	grat	itude
in	grat	itude
con	grat	ulate

樓上

❶ **dis**grace　　　→ *v.* 使丟臉／*n.* 丟臉；恥辱
└─►表示「不、相反」

❷ **graceful**　　　→ *adj.* 優美的；典雅的

樓下

❶ **grateful**　　　→ *adj.* 感謝的；感激的
└─►表示「開心」

❷ **gratitude**　　　→ *n.* 感激；感謝

❸ **in**gratitude　　→ *n.* 忘恩負義
└─►表示「不；沒有」

❹ **con**gratulate　→ *v.* 恭喜；祝賀
└─►表示「共同」

進入片語水泥鞏固實力

1. **congratulation sb. on sth.** 恭喜某人的某事
2. **show one's gratitude** 表示某人的感激
3. **be grateful to/ for** 對……感激
4. **Congratulations!** 恭喜！

打地基的材料不可混淆

grateful / graceful 兩個字放在一起，很容易搞混，不過若是將字拆解開來：grate + ful、grace + ful 分別表示「感激的＋充滿……的」、「優雅的＋充滿……的」就能夠輕易將兩個字分辨出來。

- **She looks like a graceful princess in that dress.**
  穿著那件洋裝，她看起來像是一位優雅的公主。
- **I am grateful for your help.** 我很感激你的幫忙。

G

敲敲成品測試努力成果

1. She feels sad about his son's _____.
   A. gratitude   B. ingratitude   C. grace

2. Don't _____ yourself by doing this.
   A. grace   B. congratulates   C. disgrace

gap
n. 裂口、差距

單字家族裡每個成員看起來很相似，但睜大眼睛看，使用不同的組成方式，就各有不同的意思喔！就讓我們一磚一瓦建立與「gap」相關的字詞，輕鬆和樓上與樓下各個單字混熟吧！

樓上家族

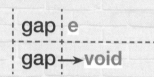
gap e
gap → void

樓下家族

gar bage
ga rage

樓上

❶ gape
→ *v.* 目瞪口呆地看；裂開

❷ gap
→ *n.* 裂口；差距

gap 的隔壁鄰居

void → *n.* 空洞；空白／
　　　　adj. 不合法的／*v.* 使無效

樓下

❶ garbage → *n.* 垃圾

❷ garage → *n.* 車庫

進入片語水泥鞏固實力

1. generation **gap** 代溝
2. take out the **garbage** 丟垃圾
3. **garbage** truck 垃圾車
4. **garage** sale 二手拍賣

打地基的材料不可混淆

gap / void 都有「縫隙」的意思。gap 通常指兩個具體物體之間的距離，而void 通常指較抽象的事物之間的空隙。

- **Mind the gap on the floor.** 小心地上的裂縫。
- **They are trying to fill the void left by their son's death.**
  他們試圖填補兒子去世的空虛。

G

敲敲成品測試努力成果

1. My mom asked me to take out the _____.
   A. gap　　　　B. garbage　　　C. garage

2. My brother is fixing his car in the _____.
   A. gap　　　　B. garbage　　　C. garage

huge

adj. 巨大的、龐大的

單字家族裡每個成員都是相互相依的！就讓我們一磚一瓦建立與「huge」相關的字詞，輕鬆和樓上與樓下各個單字混熟吧！

樓上家族 ↑

tremendous

gigantic

huge

樓下家族 ↓

little

minor

mini

樓上

❶ tremendous → *adj.* 巨大的；極大的；驚人的

❷ gigantic → *adj.* 巨大的；龐大的；巨人般的

❸ huge → *adj.* 非常的；極大的

樓下

❶ little → *adj.* 小的；年幼的

❷ minor → *adj.* 不重要的；次要的；輕微的

❸ mini → *adj.* 袖珍；微整的

進入片語水泥鞏固實力

1. **minor adjustion** 微調
2. **huge success** 極大的成功
3. **G minor** （音樂）G 小調
4. **mini bar** 飯店房間裡的小冰箱

打地基的材料不可混淆

tremendous / immense 都有「巨大的；極大的」的意思。tremendous 除了「極大的」的意思之外，還有「極好的；精采的；了不起的」的涵義。immense 指體積、範圍、數量、程度等無限大、大到無法計算。

- **a tremendous explosion** 巨大的爆炸聲
- **a tremendous experience** 了不起的經驗
- **an immense amount of work** 多到數不清的工作

敲敲成品測試努力成果

1. It is very dangerous to travel with a _____ amount of cash.
   A. large   B. minor   C. many

2. This _____ living room allows them to invite more friends to their house.
   A. huge   B. enlarge   C. immense

hurt

v. / n. 傷害、損傷、傷痛

單字家族裡每個成員看起來很相似，但睜大眼睛看，使用不同的組成方式，就各有不同的意思喔！就讓我們一磚一瓦建立與「hurt」相關的字詞，輕鬆和樓上與樓下各個單字混熟吧！

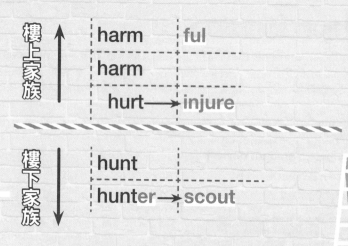

樓上家族 ↑

harm	ful
harm	
hurt →	injure

樓下家族 ↓

| hunt | |
| hunter → | scout |

樓上

❶ harmful → *adj.* 有害的；引起傷害的
└→表示「充滿……的」

❷ harm → *v. / n.* 傷害；損傷

❸ hurt → *v. / n.* 傷害；損傷；傷痛

harm的隔壁鄰居

injure → *v.* 傷害；損傷

樓下

❶ hunt → *v. / n.* 打獵；搜尋

❷ hunter → *n.* 獵人
└→表示「做某事的人」

hunter的隔壁鄰居

scout → *n.* 偵查員；偵察機；公路巡邏人員

進入片語水泥鞏固實力

1. **do sb. harm** 傷害某人
2. **hunt for / after** 追獵；搜尋
3. **do harm to** 對……造成傷害
4. **hunt down** 追捕到

打地基的材料不可混淆

hurt / injure 都有「受傷」的意思。hurt 的涵義較廣，可以使用於平時或在事故中，使受傷、使疼痛、使不快、使煩惱等。injure 尤指在事故中受到傷害。

- **He hurt his back when he was playing basketball.**
  他在玩籃球時傷到背了。
- **Five people were injured in this accident.** 五個人在這次意外中受傷。

敲敲成品測試努力成果

1. The research indicated that pollution can _____ marine life.
   A. cause   B. harm   C. treat

2. His mean words _____ me.
   A. hurt   B. injured   C. harmed

habit
n. 習慣

單字家族裡每個成員看起來很相似，但睜大眼睛看，使用不同的組成方式，就各有不同的意思喔！就讓我們一磚一瓦建立與「habit」相關的字詞，輕鬆和樓上與樓下各個單字混熟吧！

樓上家族 ↑

in	habit
co	habit
	habit

樓下家族 ↓

in	hibit
ex	hibit
pro	hibit

樓上

❶ **inhabit** → *v.* 居住於
└→表示「住；入」

❷ **cohabit** → *v.* 同居
└→表示「共同」

❸ **habit** → *n.* 習慣

樓下

❶ **inhibit** → *v.* 禁止；約束
└→表示「拿住」

❷ **exhibit** → *v.* 展示；陳列品

❸ **prohibit** → *v.* 禁止；阻止

進入片語水泥鞏固實力

1. to inhibit/ prohibit sb from Ving 禁止某人做某事
2. to be inhabited by 被……占據
3. quit the habit of 戒除……的習慣
4. Old habits die hard. 積習難改。
5. an exhibit of... ……的展覽

打地基的材料不可混淆

inhibit / prohibit 都有「禁止」的意思。inhibit 可以指的範圍較廣，包含日常生活的言行舉止。prohibit 通常特指具有法律約束力的禁止。

- **Don't let negative emotions inhibit you from your work.**
  別讓負面情緒妨礙你的工作。
- **They are prohibited from discussing salaries with colleagues.**
  他們被禁止與同事討論薪資。

敲敲成品測試努力成果

1. Littering is _____ nationwide.
　　A. habited　　　B. exhibited　　　C. prohibited

2. My boyfriend asked me if I wanted to _____.
　　A. exhibit　　　B. cohabit　　　C. habit

hard

adj. 困難的、硬的

單字家族裡每個成員看起來很相似，但睜大眼睛看，使用不同的組成方式，就各有不同的意思喔！就讓我們一磚一瓦建立與「hard」相關的字詞，輕鬆和樓上與樓下各個單字混熟吧！

樓上家族

hard	y
hard	ly
hard	

樓下家族

hand	
hand	y
hand	ful

樓上

❶ **hard**y → *adj.* 強壯的；能吃苦的

❷ **hard**ly → *adv.* 僅僅；幾乎不
   └→ 副詞字尾

❸ **hard** → *adj.* 困難的；硬的／*adv.* 努力地；艱難地

樓下

❶ **hand** → *n.* 手

❷ **hand**y → *adj.* 有用的；方便的；手巧的

❸ **hand**ful → *n.* 一把（之量）；少數；少量
   └→ 表示「充滿……的」

進入片語水泥鞏固實力

1. a handful of 一把……
2. hardly ever 幾乎不
3. at hand 在手邊
4. Work hard, play hard. 努力工作，努力玩。

打地基的材料不可混淆

hard / hardly 都有副詞的形式，但要注意的是，hard 的副詞形式是「困難地、努力地」，而hardly 則表示「幾乎不」，具有否定意涵。

- **This math test was so hard that I almost didn't finish in time.**
  這個數學考試好難，我差點寫不完。
- **He could hardly see the word on the black board.**
  他幾乎看不見黑板上的字。

敲敲成品測試努力成果

1. He showed us a _____ of coins.
   A. hand   B. handful   C. handy

2. Those bottles will come in _____ for the activity tomorrow.
   A. hand   B. handful   C. handy

Answer: 1. **B**、2. **C**
中譯：1. 他給我們看一把硬幣。
2. 那些瓶子會在明天的活動派上用場。

093

human
n. 人類

單字家族裡每個成員看起來很相似，但睜大眼睛看，使用不同的組成方式，就各有不同的意思喔！就讓我們一磚一瓦建立與「human」相關的字詞，輕鬆和樓上與樓下各個單字混熟吧！

human	ity
human	e
human	

humble	
humili	ate
humili	ation

❶ **humanity** → *n.* 人性；人
 └→名詞字尾

❷ **humane** → *adj.* 人道的；仁慈的

❸ **human** → *n.* 人類

❶ **humble** → *adj.* 謙卑的；卑下的／*v.* 使……感到自慚

❷ **humiliate** → *v.* 羞辱；使丟臉
 └→動詞字尾

❸ **humiliation** → *n.* 恥辱
 └→名詞字尾

H

 進入片語水泥鞏固實力

1. **humiliate sb.** 羞辱某人
2. **humble background** 出身卑微
3. **human beings** 人類
4. **humane treatment** 人道處理

 打地基的材料不可混淆

humans / people 都有「人」的意思。human 特指「人類」，通常強調與動物的區別。people 表示泛稱的人。

- **Humans should learn to live with animals in peace.**
  人類要學習與動物和平共處。
- **There are many people queuing up in front of that store.**
  那家店前面有很多人在排隊。

 敲敲成品測試努力成果

1. I was _____ by the customer due to a small mistake.
   A. humiliated   B. humbled   C. humane

2. We are still not sure if killing is a _____ way to deal with suffering animals.
   A. human   B. humane   C. humble

Answer: 1. **A**、2. **B**
中譯：1. 我只因為犯了一點小錯誤就被顧客羞辱。
2. 我們仍然不確定殺死受苦的動物是否是處理人道的做法。

imagine
v. 想像

單字家族裡每個成員看起來很相似，但睜大眼睛看，使用不同的組成方式，就各有不同的意思喔！就讓我們一磚一瓦建立與「imagine」相關的字詞，輕鬆和樓上與樓下各個單字混熟吧！

樓上家族

imagin	ary
imagin	ation
image	
imagine	

樓下家族

fancy	
fantasy	
fantastic	

樓上

❶ **imagin**ary → *adj.* 想像中的；不存在的

❷ **imagin**ation → *n.* 想像力；創造力
　　　　　　　└─▶名詞字尾

❸ **imag**e → *n.* 影像；映射；形象

❹ **imagine** → *v.* 想像

樓下

❶ **fan**cy → *n.* 想像 *v.* 想像；喜愛

❷ **fan**tasy → *n.* 空想；幻想

❸ **fan**tas**tic** → *adj.* 想像出來的；極好的

進入片語水泥鞏固實力

1. **fancy oneself** 自負；自命不凡
2. **take a fancy to** 喜愛
3. **fantasy and science fiction** 奇幻與科幻
4. **beyond imagination** 超乎想像

I

打地基的材料不可混淆

imagine / fancy 都有「想像」的意思。當 imagine 和 fancy 兩個字都表示「想像」時，二者都可以互換，都指在心裡形成一幅想像的圖畫。

● **Can you fancy / imagine me as a pirate?** 你能想像我是一個海盜嗎？

敲敲成品測試努力成果

1. The left side of the brain controls your appreciation of music, art, and color. It tends to be more _____.

    A. digital   B. imaginative   C. religious

2. You must have a very vivid _____ to come up with this idea.

    A. image   B. imaginary   C. imagination

in

prep. 在……之內／*adv.* 往內、向內／
adj. 內部的、在裡面的

單字家族裡每個成員看起來很相似，但睜大眼睛看，使用不同的組成方式，
就各有不同的意思喔！就讓我們一磚一瓦建立與「in」相關的字詞，輕鬆和
樓上與樓下各個單字混熟吧！

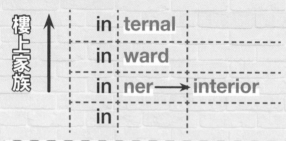

樓上家族

in	ternal
in	ward
in	ner → interior
in	

樓下家族

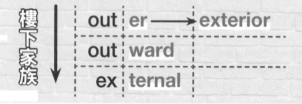

out	er → exterior
out	ward
ex	ternal

樓上

❶ **internal** → *adj.* 內部的；內在的

❷ **inward** → *adj.* 裡面的／*adv.* 向內地；在內心
  └→ 表示「往……的方向」

❸ **inner** → *adj.* 心靈的；內部的

❹ **in**
  → *prep.* 在……之內／*adv.* 往內；向內／*adj.* 內部的；在裡面的

樓下

❶ **outer** → *adj.* 外部的

❷ **outward** → *adj.* 向外的

❸ **external** → *adj.* 外部的；外界的 *n.* 外觀

進入片語水泥鞏固實力

1. in case 萬一；如果
2. in that case 既然如此
3. interior decorator 室內設計師
4. external trade 對外貿易

打地基的材料不可混淆

inner / inward / internal 都有「內」的意思。inner 本意是「較裡面的」，如大小兩個同心圓，裡面的小圓叫做inner circle。inward 本意是「向內的」，如：inward curve（朝裡面的曲線），在引申義中，inner、inward 都可以用來指人的內心方面，如inner life（內心生活）、inner thought（內心思想）。internal 指「內部的」，用的範圍更廣，如：inner affairs（內部事物）、internal trade（國內貿易）。

敲敲成品測試努力成果

1. Since it was a holiday, I stayed _____ for an extra hour.
   A. on　　　　　B. with　　　　　C. in

2. Fold the paper edges _____.
   A. inner　　　　B. interior　　　　C. inward

insist

v. 堅持、強調

單字家族裡每個成員看起來很相似，但睜大眼睛看，使用不同的組成方式，就各有不同的意思喔！就讓我們一磚一瓦建立與「insist」相關的字詞，輕鬆和樓上與樓下各個單字混熟吧！

樓上家族	assist ¦ ance
	assist
	insist ¦ ence
	insist

樓下家族	consist
	persist
	persist ¦ ence

樓上

❶ **assist**ance → *n.* 幫助；援救
　　└─► 表示「性質；狀態」

❷ **assist** → *v.* 幫助；援救

❸ **insist**ence → *n.* 堅持；強迫
　　└─► 表示「行為；狀態」

❹ **insist** → *v.* 堅持、強調
　　└─► 表示「站立」

樓下

❶ **consist** → *v.* 組成；構成；在於
　　└─► 表示「共同」

❷ **persist** → *v.* 堅持
　　└─► 表示「貫穿」

❸ **persist**ence → *n.* 固執
　　　　└─► 表示「行為；狀態」

進入片語水泥鞏固實力

1. **consist of** 由……組成
2. **consist in** 在於
3. **persist in** 堅持
4. **insist on** 堅持

打地基的材料不可混淆

persist (in) / insist (on) 都有「堅持」的意思。persist 一般多用於堅持某種行動、行為,偶爾可以用於堅持某種意見。insist 多用來指堅持某種意見、主張。

- **He persisted in working although he was tired.**
  他雖然很累,但仍堅持工作。
- **I insisted on my views.** 我堅持我的看法。

敲敲成品測試努力成果

1. A good government official has to _____ the temptation of money and make the right decision.
   A. consist   B. insist   C. resist   D. persist

2. This professional team _____ of a doctor, an educator, and a lawyer.
   A. consists   B. insists   C.persists

inspire
v. 啟發、激發

單字家族裡每個成員看起來很相似，但睜大眼睛看，使用不同的組成方式，就各有不同的意思喔！就讓我們一磚一瓦建立與「inspire」相關的字詞，輕鬆和樓上與樓下各個單字混熟吧！

樓上家族

inspir	ation
inspir	ing
inspire	

樓下家族

| spirit | → soul |
| spirit | ual |

樓上

❶ inspiration → *n.* 靈感
└→名詞字尾

❷ inspiring → *adj.* 鼓舞人心的
└→形容詞字尾

❸ inspire → *v.* 啟發；激發
└→表示「呼吸」

樓下

❶ spirit → *n.* 精神

❷ spiritual → *adj.* 精神的；非物質的
└→形容詞字尾

spirit 的隔壁鄰居 soul → *n.* 靈魂

進入片語水泥鞏固實力

1. in spirits 興致勃勃
2. out of spirits 無精打采
3. soul mate 靈魂伴侶
4. awe-inspiring 令人望而生畏的

打地基的材料不可混淆

spirit / soul / ghost 都有「靈魂」的意思。spirit 和soul 有時可以互換，但spirit 多指與軀體相分離的「靈」，而soul 可能指與軀體共存的靈魂。ghost 指死亡後出現的靈魂。

- **It's said that the spirit never died.** 據說人的靈魂永遠不死。
- **He was abroad, but he still missed his country in his soul.**
  他身在異國，但很思念自己的家鄉。
- **I don't like ghost story.** 我不喜歡鬼故事。

敲敲成品測試努力成果

1. Jordan's performance _____ his teammates, and they finally beat their opponents to win the championship.
   A. promoted   B. opposed   C. inspired

2. He has been looking for a _____ support after he retired.
   A. spiritual   B. spirit   C. soul

Answer: 1. C、2. A
中譯：1. 喬丹的表現激勵了他的隊友，他們最後打敗了對手，贏得冠軍。
2. 他在退休後，便開始尋找心靈上的支持。

ignore
v. 忽視

單字家族裡每個成員看起來很相似，但睜大眼睛看，使用不同的組成方式，就各有不同的意思喔！就讓我們一磚一瓦建立與「ignore」相關的字詞，輕鬆和樓上與樓下各個單字混熟吧！

樓上家族

ignor	ance
ignor	ant
ignore	

樓下家族

| ignite | |
| ignit | ion |

樓上

❶ ignorance → *n.* 無知；愚昧
　　└→表示「性質；狀況」

❷ ignorant → *adj.* 無知的；愚昧的
　　└→表示「做某事的人」

❸ ignore → *v.* 忽視

樓下

❶ ignite → *v.* 點燃；（使）燃燒；激起

❷ ignition → *n.* 點火；燃燒
　　└→名詞字尾

進入片語水泥鞏固實力

1. to ignore sb. 忽視某人
2. to be ignorant of/about 無知
3. ignition point 燃點
4. Ignorance is bliss. 無知就是福。

打地基的材料不可混淆

ignore / neglect 都有「忽略」的意思。ignore通常表示刻意的忽略某人或某事。neglect 通常表示不小心的忽略、疏忽。

- **The noise is so annoying that I always try to ignore it.**
  這個噪音真的令人厭煩，所以我都試著忽略它。
- **To avoid neglecting him again, she asked her friend to take care of him.** 為了避免忽略他，她請朋友特別照顧他。

敲敲成品測試努力成果

1. The more I study, the more I find myself _____.
   A. ignore   B. ignorant   C. ignition

2. Please _____ the light; it's too dark here.
   A. ignite   B. ignore   C. neglect

join

v. 連接、參加／*n.* 接合點

單字家族裡每個成員看起來很相似，但睜大眼睛看，使用不同的組成方式，就各有不同的意思喔！就讓我們一磚一瓦建立與「join」相關的字詞，輕鬆和樓上與樓下各個單字混熟吧！

樓上家族

con	junc	tion
	join	t
	join	

樓下家族

	enter	
	entrance	
	enterprise	

樓上

❶ conjunction → *n.* 接合；連接
    └→ 表示「連結」
  └→ 表示「共同」

❷ joint → *n.* 接合處；關節／*adj.* 連接的／*v.* 連接；會合

❸ join → *v.* 連接；參加／*n.* 接合點

樓下

❶ enter → *v.* 進入；參加

❷ entrance → *n.* 入口

❸ enterprise → *n.* 企業；進取心
    └→ 表示「抓住」

進入片語水泥鞏固實力

1. **enter into** 開始從事
2. **out of joint** 脫臼；混亂的
3. **enterprise culture** 企業文化
4. **joint venture** 合資企業

J

打地基的材料不可混淆

join / enter / attend都有「參加」的意思。join 多指參加組織、團體，成為中一員。enter 表示「進入」，後面接地點、某個時期或階段。attend 表示出席，不一定主動積極參與其中。

- **My brother joined the army last year.** 我哥哥去年從軍。
- **I saw Jack entering the school gate just now.**
  我剛才看見傑克進了學校大門。
- **Everyone must attend the meeting tomorrow.**
  每個人都必須參加明天的會議。

敲敲成品測試努力成果

1. **Don't you want to _____ them and have fun?**
   A. join　　　　B. attend　　　　C. enter

2. **Students need to take _____ exams for high school and universities.**
   A. entrance　　B. enter　　　　C. enterprise

judge

n. 法官、裁判／*v.* 判斷、裁決

單字家族裡每個成員看起來很相似，但睜大眼睛看，使用不同的組成方式，就各有不同的意思喔！就讓我們一磚一瓦建立與「judge」相關的字詞，輕鬆和樓上與樓下各個單字混熟吧！

樓上家族

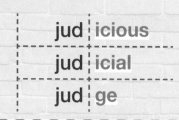

jud｜icious

jud｜icial

jud｜ge

樓下家族

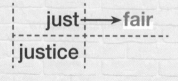

just ──→ fair

justice

樓上

❶ judicious → *adj.* 有見識的；明智而審慎的

❷ judicial → *adj.* 司法的；法庭的
└─▶形容詞字尾

❸ judge → *n.* 法官；裁判／*v.* 判斷；裁決

樓下

❶ just
→ *adv.* 此時；剛才；正好；只是／
adj. 公正的；公平的

❷ justice → *n.* 公平；正義

just 的隔壁鄰居

fair → *adj.* 公平的

進入片語水泥鞏固實力

1. **to judge sb.** 評斷某人
2. **justice court** 地方法院
3. **judicial arbitration** 司法仲裁
4. **judge by appearance** 由外表判斷

打地基的材料不可混淆

just / fair 都有「公平」的意思。just 通常指法律方面的公正，符合客觀的道德標準。fair 多用於生活中，強調沒有採取不正當手段。

- **We need a just person to be our judge.** 我們需要一個公正的人當裁判。
- **Why is his cake bigger than mine? That's not fair!**
  為什麼他的蛋糕比我的還大塊？這不公平！

敲敲成品測試努力成果

1. The victim demanded an independent _____ inquiry.

   A. judicial   B. judgment   C. justice

2. He is a man of a strong sense of_____.

   A. just   B. fair   C. justice

Answer: 1. A、2. C
中譯：1. 受害者要求獨立的司法調查。
2. 他是個很有正義感的人。

journal
n. 日記、期刊、報紙

單字家族裡每個成員看起來很相似，但睜大眼睛看，使用不同的組成方式，就各有不同的意思喔！就讓我們一磚一瓦建立與「journal」相關的字詞，輕鬆和樓上與樓下各個單字混熟吧！

樓上家族

journal	ist
journal	ism
journal	→ diary

樓下家族

journey	→ trip
journey	man

樓上

❶ journalist → *n.* 新聞記者
└→ 表示「從事……者」

❷ journalism → *n.* 新聞工作；新聞業
└→ 表示「學說；主義」

❸ journal → *n.* 日記；期刊；報紙

journal 的隔壁鄰居
diary → *n.* 日記

樓下

❶ journey → *n.* 旅行

❷ journeyman → *n.* 出師學徒工

journey 的隔壁鄰居
trip → *n.* 旅途

進入片語水泥鞏固實力

1. to keep a journal 寫日記
2. to start a journey 開始一趟旅程
3. a monthly journal 月刊
4. a journey to work 通勤

J

打地基的材料不可混淆

journal / diary 都有「日記」的意思。有時兩個詞可以互相替換，不過仔細區別的話，journal 通常指稱較正式，或是某事件的完整紀錄。diary 通常指記錄日常生活中瑣碎事件的日記。

敲敲成品測試努力成果

1. My dream is to become a _____ in the future.
   A. journal   B. journalism   C. journalist

2. It's time for us to go on a _____.
   A. journey   B. journal   C. journalism

jog
v. 慢跑

單字家族裡每個成員看起來很相似，但睜大眼睛看，使用不同的組成方式，就各有不同的意思喔！就讓我們一磚一瓦建立與「jog」相關的字詞，輕鬆和樓上與樓下各個單字混熟吧！

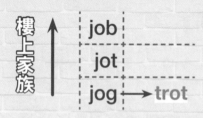

樓上家族

job
jot
jog ⟶ trot

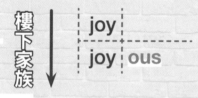

樓下家族

joy
joy ous

樓上

❶ job → *n.* 工作；職務

❷ jot → *v.* 草草記下

❸ jog → *v.* 慢跑

豆豆的隔壁鄰居

trot
→ *v.* 小跑；慢跑

樓下

❶ joy → *n.* 歡喜；喜悅

❷ joyous → *adj.* 歡喜的；喜悅的

進入片語水泥鞏固實力

1. **to do a job** 做工作
2. **jot down sth.** 草草記下某事
3. **odd job** 零工
4. **to one's joy** 令某人高興的是

打地基的材料不可混淆

jog / run 都有「跑」的意思，但在速度上有所不同。jog 指的是慢跑，而 run 通常是有速度的快跑，或是體育競賽的跑步項目。

- **I usually go jogging in my free time, so I am really healthy.**
  我通常在閒暇時間會去慢跑，所以我的身體很健康。
- **I always see him running around.** 我總是看到他忙碌奔波。

敲敲成品測試努力成果

1. I quickly _____ down the words he said through the phone.
   A. job   B. jot   C. jog

2. I am glad that I was invited to such a _____ event.
   A. joy   B. joyous   C. joyless

know

v. 知道、了解

單字家族裡每個成員看起來很相似,但睜大眼睛看,使用不同的組成方式,就各有不同的意思喔!就讓我們一磚一瓦建立與「know」相關的字詞,輕鬆和樓上與樓下各個單字混熟吧!

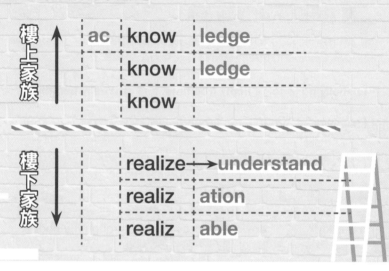

樓上家族	ac	know	ledge
		know	ledge
		know	

樓下家族	realize → understand	
	realiz	ation
	realiz	able

樓上

❶ **ac**know**ledge** → *v.* 承認

❷ **know**ledge → *n.* 知識

❸ **know** → *v.* 知道;了解

樓下

❶ **realize** → *v.* 明白;意識到

❷ **realiz**ation → *n.* 明白;意識到
　　　　└→名詞字尾

❸ **realiz**able → *adj.* 可實現的;可實行的
　　　　└→表示「有⋯⋯性質的」

realize 的隔壁鄰居 **understand**
→ *v.* 理解;懂得

114

進入片語水泥鞏固實力

1. be **known as** 以……著稱
2. to one's **knowledge** 就某人所知
3. be **acknowledged as** 被認為是……
4. **realizable** value 可變現價值

打地基的材料不可混淆

know / know of / get to know 都有「知道」的意思。know 是一般動詞，指知道、認識。know of 指透過經驗了解或被人告知。get to know 指逐漸熟悉或了解。

- **I don't know Mr. James, but I've heard of him.**
  我不認識詹姆士先生，但我聽說過他。
- **I got to know this new school.** 我逐漸了解這所新學校。

敲敲成品測試努力成果

1. The leader finally _____ his fault.
   A. knowledge　　B. acknowledged　　C. realization

2. She finally _____ some people will always fight for their ideals.
   A. knows　　　　B. realizes　　　　C. recognizes

knot

n. 結／*v.* 打結

單字家族裡每個成員看起來很相似，但睜大眼睛看，使用不同的組成方式，就各有不同的意思喔！就讓我們一磚一瓦建立與「knot」相關的字詞，輕鬆和樓上與樓下各個單字混熟吧！

樓上家族

knob

knot

樓下家族

knit

kit

knight

樓上

❶ knob → *n.* （圓形）手把；旋鈕

❷ knot → *n.* 結／*v.* 打結

樓下

❶ knit → *v.* 編結；編織

❷ kit → *n.* 工具（箱）

❸ knight → *n.* 騎士

進入片語水泥鞏固實力

1. a close-knit family 關係緊密的家庭
2. door knob 門把
3. a first-aid kit 急救箱
4. knit top 針織上衣

打地基的材料不可混淆

K

knit / weave都有「編織」的意思。knit 通常表示一針一線，所編織的過程。weave 通常指將布料拼接成衣物的編織。

- **My grandma taught me to knit gloves.** 我奶奶教我編織手套。
- **This type of wool is woven into the fabric for the jacket.**
  這種羊毛被紡織成外套的布料。

敲敲成品測試努力成果

1. The princess is waiting for the _____ in shining armor.
   A. knight　　　　　B. knowledge　　　　C. night

2. I need a new _____ to fix the machine.
   A. kit　　　　　　B. kitten　　　　　　C. kite

land

n. 陸地／*v.* 著陸、靠岸

單字家族裡每個成員看起來很相似，但睜大眼睛看，使用不同的組成方式，就各有不同的意思喔！就讓我們一磚一瓦建立與「land」相關的字詞，輕鬆和樓上與樓下各個單字混熟吧！

樓上家族

main	land
is	land
	land

樓下家族

| land | scape | → scenery |
| land | mark | |

樓上

❶ mainland → *n.* 大陸

❷ island → *n.* 島

❸ land → *n.* 陸地／*v.* 著陸、靠岸

樓下

❶ landscape → *n.* 風景

❷ landmark → *n.* 地標

landscape 的隔壁鄰居

scenery
→ *n.* 風景；景色

進入片語水泥鞏固實力

1. land sb. / oneself in... 使某人／自己處於……中
2. landscape architecture 造景建築藝術
3. island hop 跳島旅行
4. a historic landmark 歷史性的地標

打地基的材料不可混淆

land / ground 都有「地」的意思。land 指陸地，是與河流、海洋、空中相對的詞，同時也指土地。ground 主要指場地、廣場（用複數）等。

L

- **The sailors shouted with joy when they came in sight of land.**
  當水手們看到了陸地時，他們歡呼了起來。
- **turn the barren land into an orchard** 把荒地變成果園
- **The ground is covered with deep snow.** 地面覆蓋著一層厚厚的雪。
- **The house has large grounds.** 這座房子有很大的庭院。

敲敲成品測試努力成果

1. Taipei 101 is the _____ of Taipei City.
  A. island   B. mainland   C. landmark

2. Look at this beautiful _____ here.
  A. landing   B. landscape   C. landmarks

late

adj. / adv. 晚、遲、遲到

單字家族裡每個成員看起來很相似，但睜大眼睛看，使用不同的組成方式，就各有不同的意思喔！就讓我們一磚一瓦建立與「late」相關的字詞，輕鬆和樓上與樓下各個單字混熟吧！

樓上家族

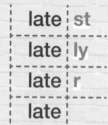

late	st
late	ly
late	r
late	

樓下家族

last	
least	

樓上

❶ **latest** → *adj.* 最後的；最新的

❷ **lately** → *adv.* 最近地

❸ **later** → *adj. / adv.* 後來；較晚

❹ **late** → *adj. / adv.* 晚；遲；遲到

樓下

❶ **last** → *adj. / adv.* 最後的；最後地／*v.* 持續

❷ **least** → *adv.* 最少；最小

進入片語水泥鞏固實力

1. be late for 遲到
2. early and late 無論何時
3. sooner or later 早晚；遲早
4. last but not least 最後一項重點

打地基的材料不可混淆

last / final / ultimate都有「後」的意思。last 表最後、剩下的，指在一連串的最後。final 表最後的，強調結束或完成。ultimate 表最後的、終極的，較為正規，通常可與final 互換。

- **I took the last bus home.** 我搭乘最後一班公車回家。
- **final exam** 期末考試
- **our ultimate goal** 我們的終極目標

敲敲成品測試努力成果

1. We have had plenty of rain so far this year, so there should be an
   _____ supply of fresh water this summer.
   A. intense   B. ultimate   C. abundant

2. He just released his _____ album _____ week.
   A. last; least   B. last; last   C. latest; last

law

n. 法律

單字家族裡每個成員看起來很相似,但睜大眼睛看,使用不同的組成方式,就各有不同的意思喔!就讓我們一磚一瓦建立與「law」相關的字詞,輕鬆和樓上與樓下各個單字混熟吧!

樓上家族

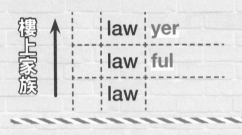

law	yer
law	ful
law	

樓下家族

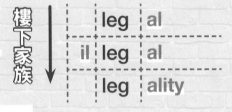

	leg	al
il	leg	al
	leg	ality

樓上

❶ lawyer　→ *n.* 律師

❷ lawful　→ *adj.* 合法的,法律上正當的

❸ law　→ *n.* 法律

樓下

❶ legal　→ *adj.* 合法的
　└→ 表示「法律」(＝law)

❷ illegal　→ *adj.* 非法的
　└→ 表示否定

❸ legality　→ *n.* 合法性

1. be against the law 違法
2. a law **against sth.** 為反對某事而制定的法律
3. legal **age** 法定年齡
4. take legal **action** 採取法律行動

legal / lawful 都有「合法」的意思。legal 側重於法律上的，屬於法律範圍的。lawful 則多用於專業和文學語境中。

L

- **the** legal **system** 法律體系
- **His** lawful **wife is Linda.** 他的合法妻子是琳達。

1. The _____ is against common welfare; we should abolish it.
　　A. law　　　　　B. legislator　　　C. legal

2. The use of cocaine is not _____ in Taiwan.
　　A. legal　　　　　B. illegal　　　　C. lawyer

lay

v. 放置、安排

單字家族裡每個成員看起來很相似，但睜大眼睛看，使用不同的組成方式，就各有不同的意思喔！就讓我們一磚一瓦建立與「lay」相關的字詞，輕鬆和樓上與樓下各個單字混熟吧！

樓上家族 ↑

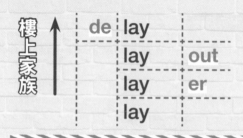

de	lay	
	lay	out
	lay	er
	lay	

樓下家族 ↓

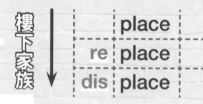

	place
re	place
dis	place

樓上 ↑

❶ **delay** → *v. / n.* 延遲；耽擱
  └→ 表示「離開；除去」

❷ **layout** → *n.* 規劃

❸ **layer** → *n.* 層／*v.* 分層

❹ **lay** → *v.* 佈置；安排

樓下 ↓

❶ **place** → *n.* 地方／*v.* 放置；佈置

❷ **replace** → *v.* 代替
  └→ 表示「一再」

❸ **displace** → *v.* 移置；移走
  └→ 表示「不」

進入片語水泥鞏固實力

1. **lay off** 解雇;停止做
2. **make place for...** 騰出空位給……
3. **take the place of / in place of** 代替;取代
4. **layout of** 規劃圖

打地基的材料不可混淆

in place of / instead of 都有「代替」的意思。在使用時,介系詞of 後面接名詞或名詞片語。另外,instead of...還可以表示「而非,而不做……」。
in place of 多用來指一事物替換另一種。

L

- **He will go to the conference instead of you.** 他將代替你去研討會。
- **Plastics are now often used in placeof wood or metal.**
  現在塑膠經常被用來代替木材或金屬。

敲敲成品測試努力成果

1. The bad weather might cause serious _____ of all incoming flights; I think we should take a train instead.
   A. invasions   B. shuttles   C. delays

2. _____ of being scorned by the teacher, he was praised in front of the whole class.
   A. In place   B. Instead   C. In peace

live

adj. 活的、存活、度過／*v.* 生存、活著

單字家族裡每個成員看起來很相似，但睜大眼睛看，使用不同的組成方式，就各有不同的意思喔！就讓我們一磚一瓦建立與「live」相關的字詞，輕鬆和樓上與樓下各個單字混熟吧！

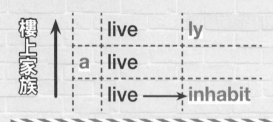

樓上家族

live	ly
a	live
live →	inhabit

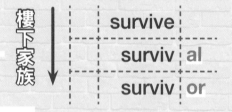

樓下家族

survive	
surviv	al
surviv	or

樓上

❶ lively → *adj.* 有生氣的
└→ 副詞字尾

❷ alive → *adj.* 活著的

❸ live → *adj.* 有生命的；實況轉播的[laɪv]／
　　　　　v. 生存；活著[lɪv]

live的隔壁鄰居
inhabit → *v.* 居住於

樓下

❶ survive → *v.* 存活；倖存

❷ survival → *n.* 存活；倖存

❸ survivor → *n.* 倖存者；生還者
　　　　　└→ 表示「做某事的人」

進入片語水泥鞏固實力

1. live for... 為……而活；渴望……
2. live on... 以……為主食
3. live with... 與……一起生活
4. survival of the fittest 適者生存

打地基的材料不可混淆

live 通常為「活著；生存」之意，但後面加上介系詞時，如 live in，及等同於 inhabit 的用法，表示「棲息於……」、「居住於……」，唯 inhabit 為稍微正式一點的用法。

- **He lives near a factory.** 他住在一間工廠附近。
- **That island is inhabited by a rare species.**
  那個島上有一種罕見的物種棲息。

敲敲成品測試努力成果

1. The girl is the lucky _____ of the car accident.
   A. lively   B. survival   C. survivor

2. At first, they thought the animal is dead, but it turned out it's

   _____.
   A. live   B. lively   C. alive

locate

v. 設點、設置、位於

單字家族裡每個成員看起來很相似，但睜大眼睛看，使用不同的組成方式，就各有不同的意思喔！就讓我們一磚一瓦建立與「locate」相關的字詞，輕鬆和樓上與樓下各個單字混熟吧！

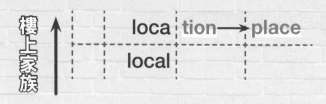

樓上家族
| loca | tion | → place |
| local | | |

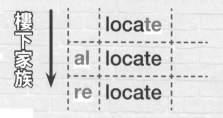

樓下家族
| locate |
| al | locate |
| re | locate |

樓上

❶ location → *n.* 位置
└─→ 名詞字尾

❷ local
→ *adj.* 當地的／*n.* 當地人

location 的隔壁鄰居

place
→ *n.* 位置；地點

樓下

❶ locate
→ *v.* 設點；設置；位於

❷ allocate → *v.* 分配

❸ relocate → *v.* 搬遷
└─→ 表示「再次」

進入片語水泥鞏固實力

1. **local color** 地方色彩
2. **local time** 當地時間
3. **allocate sth. to...** 把某物分給、撥給……
4. **allocation of...** ……的配置

打地基的材料不可混淆

location / place 都有「位置」的意思。location 較為正式，多用於說明一特定的所在地點，也可以表示物品的位置關係。place 用法最廣泛，在空間上可指小的地點，也可以指涉廣大的空間。

- **What's the location of the hospital?** 那家醫院位於哪裡？
- **There is a place in the corner to hang your coat.**
  在角落裡有個位置來掛你的大衣。

敲敲成品測試努力成果

1. The police finally _____ the missing briefcase for the man.
   A. local　　　　B. placed　　　　C. located

2. The food is _____ to those the people in need.
   A. located　　　B. allocated　　　C. placed

long

adj. 長久的／*adv.* 長久地／*v.* 渴望

單字家族裡每個成員都是相互相依的！就讓我們一磚一瓦建立與「long」相關的字詞，輕鬆和樓上與樓下各個單字混熟吧！

樓上家族

long	itude
length	en
length	
long	

樓下家族

	brief	
	brief	case
ab	brev	iation

樓上

❶ longitude → *n.* 經度

❷ lengthen → *v.* 加長
└─→表示「使成為……」

❸ length → *n.* 長度

❹ long → *adj.* 長久的／*adv.* 長久地／*v.* 渴望

樓下

❶ brief → *adj.* 短暫的／*n.* 摘要／*v.* 做摘要

❷ briefcase → *n.* 公事包；公文袋

❸ abbreviation → *n.* 縮寫

進入片語水泥鞏固實力

1. **as / so long as** 只要
2. **before long** 不久之後
3. **no longer** 不再；已不
4. **in brief** 簡言之；簡單地說

打地基的材料不可混淆

brief / short 都有「短」的意思。brief 主要指時間的短暫。short 可指時間的短暫，也可用於長度、距離的短暫。

- **a brief meeting** 簡短的會議
- **a short walk** 短距離的散步
- **The trains leave at short / brief intervals.**
  火車班次間距很短。

敲敲成品測試努力成果

1. A straight line is the _____ distance between two points.
   A. shortest   B. smallest   C. least

2. The _____ of these pants is 105 cetimeters.
   A. long   B. length   C. longitude

L

131

mark

v. / n. 標記、弄髒

單字家族裡每個成員看起來很相似，但睜大眼睛看，使用不同的組成方式，就各有不同的意思喔！就讓我們一磚一瓦建立與「mark」相關的字詞，輕鬆和樓上與樓下各個單字混熟吧！

樓上家族			
trade	mark		
	re	mark	able
	re	mark	
		mark	

樓下家族	
	stain
	spot
	soil

樓上

❶ **trade**mark → *n.* 標誌

❷ **remark**able → *adj.* 值得注意的；傑出的

❸ **re**mark → *v. / n.* 評論；致詞

❹ **mark** → *v. / n.* 標記；弄髒

樓下

❶ stain → *n.* 汙點／*v.* 弄髒

❷ spot → *n.* 汙點；斑點；地點／*v.* 弄髒

❸ soil → *n.* 泥土／*v.* 弄髒

進入片語水泥鞏固實力

1. **mark down...** 記下……；降低……的價格
2. **mark up...** 提高……的價格／分數
3. **remark on** 談論
4. **on the spot** 在場；當場

打地基的材料不可混淆

stain / spot 都有「玷汙」的意思。stain 表示玷汙、汙染，留下難以除去的痕跡。spot 則多指斑點。soil 弄髒的程度較輕。

* **I hope the guest's pet doesn't stain the curtain.**
  我希望客人的寵物別把地毯弄髒了。
* **His hands were soiled.** 他的手被弄髒了。

敲敲成品測試努力成果

1. Our principal will give a concluding _____ at the end of the ceremony.
   A. trademark   B. remark   C. mark

2. His outstanding performance is really _____.
   A. remarkable   B. useable   C. changeable

M

migrate

v. 遷徙、移居

單字家族裡每個成員看起來很相似，但睜大眼睛看，使用不同的組成方式，就各有不同的意思喔！就讓我們一磚一瓦建立與「migrate」相關的字詞，輕鬆和樓上與樓下各個單字混熟吧！

樓上家族

e	migra	nt
e	migrat	ion
e	migrate	
	migrate	

樓下家族

im	migrate	
im	migrat	ion
im	migra	nt

樓上

❶ **e**migrant → *n.* （移出之）移民

❷ **e**migration → *n.* 向外遷徙
  └─➤名詞字尾

❸ **e**migrate → *v.* 移居國外；居民
  └─➤表示「外；向外」

❹ migrate → *v.* 遷徙；移居

樓下

❶ **im**migrate → *v.* 遷徙；遷入
  └─➤表示「內；向內」

❷ **im**migration → *n.* 移民入境
  └─➤名詞字尾

❸ **im**migrant → *n.* （移入之）移民

進入片語水泥鞏固實力

1. **migrate from...** 從⋯⋯遷來
2. **migrate to...** 遷至⋯⋯
3. **emigrate to ...** 移居到⋯⋯
4. **immigration control** 入境審查

打地基的材料不可混淆

emigrate / immigrate 都有「移民」的意思。從本國移民到別的國家用 emigrate，即「移出⋯⋯」。從別的國家移居到本國用immigrate，即「移入⋯⋯」。

- **His grandparents emigrated to the United States.**
  他的祖父母移民到美國。
- **Immigration to the country grows every year.**
  每年往此國家的移入移民都在增加。

敲敲成品測試努力成果

1. The _____ of birds is to move from one geographical area to another.
   A. significance   B. migration   C. extension

2. Lots of illegal _____ will be sent back.
   A. immigrants   B. emigrate   C. immigration

Answer: 1. **B**、2. **A**
中譯：1. 鳥類的遷徙是從一個地域遷移到另一個。
2. 很多非法移民將被遣返。

music

n. 音樂

單字家族裡每個成員看起來很相似，但睜大眼睛看，使用不同的組成方式，就各有不同的意思喔！就讓我們一磚一瓦建立與「music」相關的字詞，輕鬆和樓上與樓下各個單字混熟吧！

樓上家族

music	ian
music	al
music	

樓下家族

| concert |
| entertain |
| amuse |

樓上

❶ musician → *n.* 音樂家

❷ musical → *adj.* 音樂的 / *n.* 音樂劇
　　　　　└→形容詞字尾

❸ music → *n.* 音樂

樓下

❶ concert → *n.* 音樂會；演奏會

❷ entertain → *v.* 娛樂；招待

❸ amuse → *v.* 逗……開心；娛樂

 **進入片語水泥鞏固實力**

1. face the music 面對現實
2. amused at / by / with... 以……為榮
3. be in concert 一致；共同；協力
4. concert hall 音樂廳

 **打地基的材料不可混淆**

entertain / amuse 都有「娛樂」的意思。entertain 指使某人快樂，招待對方或使對方高興。amuse 指為了開心、愉快而進行的消遣、娛樂。

- **I can amuse myself for a few hours.** 我能自得其樂好幾個小時。
- **He entertained us with his stories.** 他說故事來娛樂我們。

M

 **敲敲成品測試努力成果**

1. The toys _____ the baby girl for hours.
　　A. amused　　　B. teased　　　C. insulted

2. Let's just face the _____ instead of lying to ourselves.
　　A. music　　　B. musical　　　C. memory

maybe

adv. 也許、大概

單字家族裡每個成員看起來很相似，但睜大眼睛看，使用不同的組成方式，就各有不同的意思喔！就讓我們一磚一瓦建立與「maybe」相關的字詞，輕鬆和樓上與樓下各個單字混熟吧！

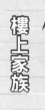

樓上家族

		may	or
	dis	may	
		may	
		may	be

樓下家族

| possibly |
| possible |
| perhaps |

樓上

❶ **may**or → *n.* 市長

❷ **dis**may → *v.* 使不安 / *n.* 恐慌

❸ **may** → *n.* / *v. (conj.)* 許可

❹ **may**be → *adv.* 也許；大概

樓下

❶ **possibly** → *adv.* 可能地；或許

❷ **possible** → *adj.* 可能的

❸ **perhaps** → *adv.* 也許

進入片語水泥鞏固實力

1. **to one's dismay** 壞某人驚恐的是
2. **in / with dismay** 驚恐的；絕望的
3. **as…as possible** 盡可能地……
4. **a strong/ good possibility** 極有可能

打地基的材料不可混淆

possible / probable 都有「可能」的意思。possible 強調客觀上有可能，但實際希望很小。probable 則是主觀的猜測，用來指有根據、合情理的事物，語氣較強。

- **It is possible to get there by bus.** 搭公車可能到得了那裡。
- **From his words, I know this is the probable cause for his success.** 從他的談話，我得知這可能是他成功的原因。

M

敲敲成品測試努力成果

1. It is highly _____ that he will take over his father's business.
   A. probable　　　B. substantial　　　C. soiled

2. _____ will be very angry if he find out all these.
   A. Maybe　　　B. Mayor　　　C. Dismay

Answer: 1. A、2. B
中譯：1. 他極可能接手他父親的事業。
2. 如果他發現這些事，市可能會非常生氣。

139

main
adj. 主要的、最重要的

單字家族裡每個成員看起來很相似，但睜大眼睛看，使用不同的組成方式，就各有不同的意思喔！就讓我們一磚一瓦建立與「main」相關的字詞，輕鬆和樓上與樓下各個單字混熟吧！

樓上家族

| main | ly |
| main | |

樓下家族

main	tain
main	tenance
main	stream

樓上

❶ **main**ly → *adv.* 主要地；通常地
  └→ 副詞字尾
❷ **main** → *adj.* 主要的；最重要的

樓下

❶ **main**tain → *v.* 維持；保持
  └→ 表示「抓住；推持」
❷ **main**tenance → *n.* 維持；保持

❸ **main**stream → *adj.* 主流的／*n.* 主流

進入片語水泥鞏固實力

1. **to maintain sth.** 維持某事物
2. **mainly because...** 主要因為……
3. **maintenance fee** 維修費
4. **mainstream movie** 主流電影

打地基的材料不可混淆

maintain / keep 都有「繼續；保持」的意思。maintain 通常指維持事物的狀態，keep通常指動作的繼續。

M

- **A large house requires a lot of time and money to maintain.**
  大房子需要很多時間和金錢維護。
- **Keep going straight and you will see the destination.**
  繼續往前直走，你就會看到目的地。

敲敲成品測試努力成果

1. They provide thorough _____ checks for the cars.
   A. main   B. maintain   C. maintenance

2. The final exam _____ covers the concept in chapter 2.
   A. main   B. maintenance   C. mainly

nation

n. 國家

單字家族裡每個成員看起來很相似，但睜大眼睛看，使用不同的組成方式，就各有不同的意思喔！就讓我們一磚一瓦建立與「nation」相關的字詞，輕鬆和樓上與樓下各個單字混熟吧！

	inter	nation	al	
樓上家族		nation	al	ity
		nation	al	
		nation		

樓下家族		country	
		country	side
		country	man

樓上

❶ international → *adj.* 國際的
└─▶表示「在……之間」

❷ nationality → *n.* 國籍

❸ national → *adj.* 國家的
└─▶形容詞字尾

❹ nation → *n.* 國家

樓下

❶ country → *n.* 國家；鄉村

❷ countryside → *n.* 鄉下

❸ countryman → *n.* 同鄉

進入片語水泥鞏固實力

1. **national park** 國家公園
2. **in the country** 在鄉下
3. **international company** 國際企業
4. **dual nationality** 雙重國籍

打地基的材料不可混淆

country /countryside 都有「鄉村」的意思。country 指遠離市區，常有田地和樹木，或農業地區。countryside 指鄉村、郊外，在市區以外的區域。

- **I live in the country.** 我住在鄉下。
- **The countryside between those villages is beautiful.**
  坐落在那些村莊之間的鄉下風光很美。

敲敲成品測試努力成果

1. Bangkok is an _____ city with diverse culture, just like Paris, London, and New York.
   A. international　　B. nation　　　　C. countryman

2. People gather to sing _____ anthem at the the first day of the year.
   A. nationality　　B. international　　C. national

new

adj. 新的

單字家族裡每個成員看起來很相似，但睜大眼睛看，使用不同的組成方式，就各有不同的意思喔！就讓我們一磚一瓦建立與「new」相關的字詞，輕鬆和樓上與樓下各個單字混熟吧！

樓上家族

re	new	al
re	new → restore
	new

樓下家族

	fresh
re	fresh
re	fresh	ment

樓上

❶ renewal → *n.* 更新；續約
  └→表示「再次」

❷ renew → *v.* 恢復；更新

❸ new → *adj.* 新的；新發明的

renew 的隔壁鄰居

restore → *v.* 恢復；翻修

樓下

❶ fresh → *adj.* 新鮮的

❷ refresh → *v.* 使恢復精神

❸ refreshment → *n.* 茶點
  └→名詞字尾

進入片語水泥鞏固實力

1. **break the news (to sb.)** （向某人）委婉傳達不幸的消息
2. **news conference** 記者招待會
3. **urban renewal** 都市更新
4. **refresh yourself with...** 用……提神

打地基的材料不可混淆

new / novel / fresh 都有「新」的意思。new 意為「新的」，多指人事物的新舊。novel 意為「新奇的」，多指想法或是點子。fresh 意為「新鮮的」，可以用來指食物的新鮮程度，或是用來形容事物的清爽感。

N

- **The book is new.** 這本書是新的。
- **This idea is novel to me.** 這個主意對我來說很新奇。
- **I enjoy fresh air in the countryside.** 我喜歡鄉下的新鮮空氣。

敲敲成品測試努力成果

1. Many old buildings in this area are _____.
   A. repeated　　　B. remove　　　C. renewed

2. _____ are provided during the break of the meeting.
   A. Renewals　　B. Refreshments　　C. Refresh

Answer: 1. C、2. B
中譯：1. 這社區裡的許多老舊建築已經重新，現在不再是老舊看來了。
2. 會議休息時間被提供茶點。

145

negative

adj. 負面的

單字家族裡每個成員看起來很相似，但睜大眼睛看，使用不同的組成方式，就各有不同的意思喔！就讓我們一磚一瓦建立與「negative」相關的字詞，輕鬆和樓上與樓下各個單字混熟吧！

樓上家族

ab	negate
	negate
	negativity
	negative

樓下家族

pessimistic
pessimisim
pessimist

樓上

❶ **ab**negate → *v.* 放棄（權力等）
  └→表示「朝向……」

❷ negate → *v.* 否定；使無效

❸ negativity → *n.* 消極的態度

❹ negative → *adj.* 負面的；否定的
  └→表示「否定」

樓下

❶ pessimistic → *adj.* 悲觀的

❷ pessimisim → *n.* 悲觀主義；悲觀態度
  └→表示「主義」

❸ pessimist → *n.* 悲觀主義者

 **進入片語水泥鞏固實力**

1. abnegate one's responsibility 推卸責任
2. be negated by... 被……抵銷
3. be pessimistic about... 對……感到悲觀
4. have a negative impact on... 對……有負面影響

 **打地基的材料不可混淆**

negative / pessimistic 都有「負面的」的意思。negative表示對一件事情、提議等等的反對。pessimistic 指個性上的「悲觀」。

- **We received a negative answer to our proposal.** 我們的提案被拒絕。
- **He is such a pessimistic person that I don't want to work with him anymore.** 他這個人太悲觀,我不想再和他合作了。

敲敲成品測試努力成果

1. The increase in our profits has been _____ by the rising costs.
   A. negated   B. neglected   C. navigated

2. His _____ thoughts have gradually influnced me over the years.
   A. abnegate   B. negate   C. pessimistic

norm

n. 行為準則；規範

單字家族裡每個成員看起來很相似，但睜大眼睛看，使用不同的組成方式，就各有不同的意思喔！就讓我們一磚一瓦建立與「norm」相關的字詞，輕鬆和樓上與樓下各個單字混熟吧！

樓上家族

norm	al	ly
norm	al →	ordinary → usual
norm		

樓下家族

| exclude |
| exclusive |

樓上

❶ normally → *adv.* 正常地
└─► 副詞字尾

❷ normal
→ *adj.* 普通的；平常的
└─► 形容詞字尾

❸ norm
→ *n.* 行為準則；規範

normal 的隔壁鄰居

❶ ordinary
→ *adj.* 普通的；平常的；平凡的

❷ usual
→ *adj.* 通常的；慣常的

樓下

❶ exclude → *v.* 把……排除在外
└─► 表示「出去」（out）
　　└─► 表示「關閉」（close）

❷ exclusive → *adj.* 專用的；獨有的
└─► 形容詞字尾

1. back to normal 回到從前（那樣）
2. ethical norms 道德規範
3. exclusive offer 獨家優惠
4. exclude A from B 將 A 從 B 中排除

normal / ordinary / usual 都有「一般」的意思。normal 有從不尋常而轉變為原本的樣子。ordinary 通常指事物本身是「平凡的」。usual 通常指動作或習慣性的一般。

- **I hope things will turn back to normal.** 我希望事情會回復正常。
- **I am just an ordinary girl who never dreamed of becoming a super star.** 我只是個平凡的女孩，從沒想過要成為巨星。
- **He went to bed at his usual bed time.** 他在平時睡覺的時間上床。

N

敲敲成品測試努力成果

1. I _____ get home at 7, but today I am a little early.
   A. usual   B. normal   C. normally

2. Many restaurants offer meals that are _____ for Christmas.
   A. exclusive   B. norm   C. exclude

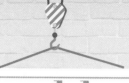

noble

adj. 高尚的、崇高的；貴族的／*n.* 貴族

單字家族裡每個成員看起來很相似，但睜大眼睛看，使用不同的組成方式，就各有不同的意思喔！就讓我們一磚一瓦建立與「noble」相關的字詞，輕鬆和樓上與樓下各個單字混熟吧！

樓上家族

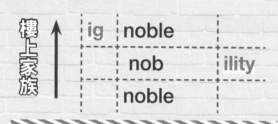

ig	noble	
	nob	ility
	noble	

樓下家族

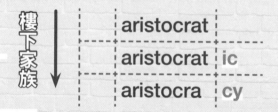

aristocrat	
aristocrat	ic
aristocra	cy

樓上

❶ **ignoble** → *a.* 可鄙的；不高貴的
　└─▶ 表否定

❷ **nobility** → *n.* 高尚；偉大；貴族（總稱）

❸ **noble** → *adj.* 高尚的；崇高的；貴族的／*n.* 貴族

樓下

❶ **aristocrat** → *n.* 貴族成員；精英
　└─▶ 表示「最好的」

❷ **aristocratic** → *a.* 貴族的；儀態高貴的
　└─▶ 表形容詞字尾

❸ **aristocracy** → *n.* 貴族階級；上層社會
　└─▶ 表示「統治」

進入片語水泥鞏固實力

1. **a noble gesture** 高姿態
2. **a noble family** 貴族家庭
3. **an aristocrat of scientists** 科學界菁英
4. **noble character** 高貴的品格

打地基的材料不可混淆

noble / aristocracy 都有「貴族」的意思。noble 指的平民建功可成為的貴族地位，而aristocracy 是指世襲的貴族地位，與國王、女王有血緣的人。

- **He's writing a novel about a noble family.**
  他正在寫一本關於一個貴族家庭的故事。
- **Lots of paparazzi follow members of aristocracy.**
  許多狗仔都會跟蹤貴族階級成員。

敲敲成品測試努力成果

1. The _____ of his ideal made everyone thrilled.
   A. noble   B. nobility   C. aristocracy

2. He comes from a _____ family.
   A. noble   B. mobile   C. norm

Answer: 1. B、2. A
中譯：1. 他遠大的夢想使讓所有人都雀躍不已。
2. 他來自一個貴族家庭。

object

n. 物體／*v.* 反對

單字家族裡每個成員看起來很相似，但睜大眼睛看，使用不同的組成方式，就各有不同的意思喔！就讓我們一磚一瓦建立與「object」相關的字詞，輕鬆和樓上與樓下各個單字混熟吧！

樓上家族

| object | ive |
| object | ion |
| object → protest |

樓下家族

| re | ject → refuse |
| re | ject ion |

樓上

❶ objective → *n.* 目標；目的／*adj.* 客觀的
└─► 形容詞字尾

❷ objection → *n.* 反對
└─► 名詞字尾

❸ object → *n.* 物體；目標／*v.* 抵抗、反對
└─► 表示「丟擲」（throw）

樓下

❶ reject → *v.* 駁回；否決
└─► 名表示「返回」（back）

❷ rejection → *n.* 拒絕；廢棄

reject 的隔壁鄰居

refuse
→ *v.* 拒絕／*n.* 廢物

O

 進入片語水泥鞏固實力

1. **protest** against 反對
2. **refuse** collector 垃圾車；清潔員
3. **objection** to N./ Ving 對……反對
4. **objective** description 客觀描述

 打地基的材料不可混淆

object / objective都有「目標」的意思，且往往指客觀事物的目的，而不是某一個人的目的。object多指抽象、一般的計畫。objective則往往指具體的目標，尤其指商業、政治目標。

- **The object of my trip is to enjoy myself.**
  我旅行的目的就是為了讓自己開心。
- **Our main objective is to improve children's knowledge of science.**
  我們首要目標是增進孩子對科學的知識。

 敲敲成品測試努力成果

1. He left here with the _____ of pursuing a better working environment.
   A. object   B. gratitude   C. rejection

2. My new proposal was _____ by the manager.
   A. refused   B. regretted   C. rejected

often
adv. 常常、往往

單字家族裡每個成員都是相互相依的！就讓我們一磚一瓦建立與「often」相關的字詞，輕鬆和樓上與樓下各個單字混熟吧！

樓上家族

seldom
sometimes
frequent
often

樓下家族

regular
regular ly
regular ity

樓上

❶ seldom → *adv.* 不常地；難得地

❷ sometimes → *adv.* 有時候

❸ frequent → *adj.* 經常的

❹ often → *adv.* 常常、往往

樓下

❶ regular → *adj.* 經常的；定期的

❷ regularly → *adv.* 經常地；規則地
└─►副詞字尾

❸ regularity → *n.* 規律；定期

進入片語水泥鞏固實力

1. **more often than not** 多半；通常
2. **as often as** 每次；每當
3. **regular customer** 常客
4. **frequent flier** 飛行常客

打地基的材料不可混淆

often / frequently / regularly都指頻率。often表示斷續性重複，修飾表示短暫的行動。frequently與often意思大致相同，是比較正式的詞語，而且語意較強。regularly修飾經常而有規律性的行動。

- **He visits me quite often.** 他常常拜託我。
- **He travels to New York frequently.** 他經常去紐約旅遊。
- **Exercise regularly and take the medicine three times a day.** 規律運動，並每日三次，定時吃藥。

敲敲成品測試努力成果

1. To live an efficient life, we have to set priorities _____ and start with the most important one.
   A. frequent　　　B. regularly　　　C. sometimes

2. Good students _____ skip classes.
   A. seldom　　　B. regularly　　　C. always

中譯：1. 為了有效率地過生活，我們必須要按照事情的重要順序來安排，並從最重要的事情開始做。
2. 好學生不常翹課。

Answer: 1. B、2. A

155

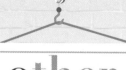

other

adj. 其他的／*pron.* 其他的人或物

單字家族裡每個成員看起來很相似，但睜大眼睛看，使用不同的組成方式，就各有不同的意思喔！就讓我們一磚一瓦建立與「other」相關的字詞，輕鬆和樓上與樓下各個單字混熟吧！

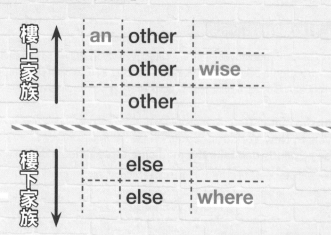

樓上家族	an	other	
		other	wise
		other	

| 樓下家族 | else | | |
| | else | where | |

樓上

❶ **an**other → *adj.* 另一的／*pron.* 另一個

❷ **other**wise → *adv.* 否則；不然

❸ **other** → *adj.* 其他的／*pron.* 其他的人或物

樓下

❶ **else** → *adv.* 其他

❷ **else**where → *adv.* 在別處

進入片語水泥鞏固實力

1. every other 每隔一個的
2. other than 除了
3. one another 彼此
4. above all else 最重要的……

打地基的材料不可混淆

other / else 都有「其他」的意思。other 用法與一般形容詞一樣，else 一般僅用於someone (somebody)、anyone (anybody)、no one (nobody)、something、anything、nothing、somewhere、anywhere、nowhere、what、who、when等詞的後面。

- **She found it a pleasure to help other people.**
  她發現幫助別人是很快樂的。
- **Do you have anything else to drink?** 你還有什麼別的飲料可以喝嗎？

敲敲成品測試努力成果

1. We have a variety of goods here; you can buy food, clothes, and anything _____.
   A. other   B. also   C. else

2. I am really lazy, so I only wash my head every _____ day.
   A. other   B. else   C. another

pain

n. 痛苦

單字家族裡每個成員都是相互相依的！就讓我們一磚一瓦建立與「pain」相關的字詞，輕鬆和樓上與樓下各個單字混熟吧！

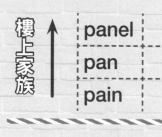

樓上家族

- panel
- pan
- pain

樓下家族

- ache
- acne

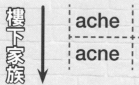

樓上

❶ panel　　→ *n.* 專題小組

❷ pan　　　→ *n.* 平底鍋

❸ pain　　　→ *n.* / *v.* 痛苦；疼痛

樓下

❶ ache　　　→ *n.* 持續的疼痛／ *v.* 難過

❷ acne　　　→ *n.* 粉刺

進入片語水泥鞏固實力

1. **take pains** 努力；下苦功
2. **ache for** 非常想；渴望
3. **pan out** 發展；成功
4. **No pain, no gain.** 不勞則無獲。

打地基的材料不可混淆

pain / ache 都有「痛」的意思。pain指一切情感或身體上的痛苦、疼痛。ache強調身體的持續疼痛，常和身體的部位名稱結合如headache / toothache。

- **He suffered from a pain in his chest.** 他胸口疼。
- **His toothache stopped him from eating.** 牙痛使他吃不下東西。

敲敲成品測試努力成果

1. She was in great _____ after hearing the bad news.
   A. mood　　　　B. pain　　　　C. time

2. This photograph always brings back _____ memories.
   A. pain　　　　B. ache　　　　C. painful

people
n. 人們

單字家族裡每個成員看起來很相似，但睜大眼睛看，使用不同的組成方式，就各有不同的意思喔！就讓我們一磚一瓦建立與「people」相關的字詞，輕鬆和樓上與樓下各個單字混熟吧！

樓上家族

person	ality
person	al
person	
people	

樓下家族

public	
popular	
popula	tion

樓上

❶ **person**ality → *n.* 人格；個性

❷ **person**al → *adj.* 個人的
└─▶ 形容詞字尾

❸ **person** → *n.* 人（單數）

❹ **people** → *n.* 人們、人類

樓下

❶ **public** → *n.* 群眾／*adj.* 公共的

❷ **popular** → *adj.* 流行的

❸ **popula**tion → *n.* 人口
└─▶ 名詞字尾

 **進入片語水泥鞏固實力**

1. in person 親自；本人
2. in public 公開地；當眾
3. be popular with... 受⋯⋯歡迎；被⋯⋯所喜愛
4. the general public 一般大眾

 **打地基的材料不可混淆**

people / person都有「人」的意思。people 是複數形式。people後面若加複數s，指不同國家的人民。person強調個別的人，但指一個人時最好用man（男人）、woman（女人）。

- **English is an international language spoken by different peoples.**
  英語是由眾多種族使用的國際語言。
- **She was the very person our company wanted to take on.**
  她正是那個我們公司要聘用的人。

敲敲成品測試努力成果

1. Taiwan is an island with a _____ of 23 , 000 , 000.
   A. population   B. constitution   C. distinction

2. This hairstyle is _____ among young women this summer.
   A. popular   B. population   C. personal

persevere
v. 堅持

單字家族裡每個成員看起來很相似，但睜大眼睛看，使用不同的組成方式，就各有不同的意思喔！就讓我們一磚一瓦建立與「persevere」相關的字詞，輕鬆和樓上與樓下各個單字混熟吧！

樓上家族

persist	
persist	ence
persever	ance
persevere	

樓下家族

persuade	
persua	sive
persua	sion

樓上

❶ **persist** → *v.* 堅持
└→ 表示「貫穿」
　　└→ 表示「站立」

❷ **persistence** → *n.* 固執；堅持
　　└→ 表示「行為；狀態」

❸ **perseverance** → *n.* 不屈不撓
　　└→ 表示「性質；狀況」

❹ **persevere** → *v.* 堅持

樓下

❶ **persuade** → *v.* 勸說
　　└→ 表示「勸說」

❷ **persuasive** → *adj.* 有說服力地

❸ **persuasion** → *n.* 說服；信念
　　└→ 名詞字尾

進入片語水泥鞏固實力

1. **persevere at/ in/ with** 堅持
2. **persuade sb to V** 說服某人做某事
3. **persist in** 堅持於
4. **persistent rain** 陰雨綿綿

P

打地基的材料不可混淆

persuade / advise 都有「勸告」的意思。persuade 指陳述做某事的好處，而說服對方去做。advise 指告訴對方在某種情況下應該怎麼做。

- **He persuaded me to take part in the football match.**
  他勸說我去參加足球比賽。
- **I advise you not to hand in your report at the last minute.**
  我勸你別在最後一刻交報告。

敲敲成品測試努力成果

1. The laywer presented some _____ evidence at the court.
   A. patient   B. protective   C. persuasive

2. The journalist _____ in asking controversial questions.
   A. persists   B. persuades   C. perseverance

prescribe

v. 規定；開處方

單字家族裡每個成員看起來很相似，但睜大眼睛看，使用不同的組成方式，就各有不同的意思喔！就讓我們一磚一瓦建立與「perscribe」相關的字詞，輕鬆和樓上與樓下各個單字混熟吧！

樓上家族

| pre | scrip | tion | → medicine |
| pre | scribe | | |

樓下家族

	sub	scribe	
un	sub	scribe	
	sub	scrip	tion
	sub	scrib	er

樓上

❶ **prescription** → *n.* 指示；處方
└→ 名詞字尾

❷ **prescribe**
→ *v.* 規定；指定；開處方

prescription 的隔壁鄰居

medicine
→ *n.* 藥物

樓下

❶ **subscribe** → *v.* 訂閱
└→ 表示「書寫」

❷ **unsubscribe** → *v.* 取消訂閱

❸ **subscription** → *n.* 訂閱
└→ 名詞字尾

❹ **subscriber** → *n.* 訂閱者；用戶
└→ 表示「做某事的人」

進入片語水泥鞏固實力

1. subscribe to 訂購／閱

2. subscribe for 同意認購

3. prescription medicine 處方藥

4. fill a prescription 領藥

打地基的材料不可混淆

drug / medicine都有「藥」的意思。drug 指有藥物或毒品之意。medicine 指用來治病的藥，強調治療作用。

- **We can't buy prescription medicine at the drug store.**
  我們在藥房買不到處方藥的。

- **Chinese herbal medicines may cure this disease daster.**
  中藥可能較快治療這種疾病。

敲敲成品測試努力成果

1. This influencer has more than 1 million _____.
   A. subscribers　　B. prescribe　　C. subcription

2. The drug is only available with a _____ from a doctor.
   A. prescription　　B. subscriber　　C. subscription

present
adj. 出席的、目前的／*n.* 現在、禮物

單字家族裡每個成員看起來很相似，但睜大眼睛看，使用不同的組成方式，就各有不同的意思喔！就讓我們一磚一瓦建立與「present」相關的字詞，輕鬆和樓上與樓下各個單字混熟吧！

樓上家族

present | ation

presence → absence

present

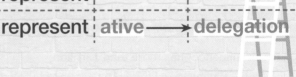
樓下家族

represent

represent | ative → delegation

樓上

❶ presentation → *n.* 報告；演講
└→ 名詞字尾

❷ presence
→ *n.* 出席；到場

❸ present
→ *adj.* 出席的；目前的／*n.* 現在、禮物

presence 的隔壁鄰居
absence
→ *n.* 缺席

樓下

❶ represent
→ *v.* 代表；象徵

❷ representative
→ *n.* 代表；代理人

representative 的隔壁鄰居
delegation
→ *n.* 代表／*v.* 委派；授權

進入片語水泥鞏固實力

1. **in one's presence** 當著某人的面；有某人在場
2. **in the absence of sb.** 某人不在時；某人外出時
3. **absent oneself from** 由……缺席
4. **sales representative** 業務代表

打地基的材料不可混淆

present / modern都有「現今」的意思。present 強調現在所存在的當下。modern強調現代的、當代的、近代的，可指目前或不久前所發生，只可用於名詞前。

- **The present situation is very serious.** 當前的形勢非常嚴峻。
- **Pressure is a crucial problem of modern life.**
  壓力是現代生活中的一個重要問題。

敲敲成品測試努力成果

1. Our final score is based on group _____.
   A. presence   B. presentation   C. present

2. The teacher failed you due to your repeated _____.
   A. appearance   B. presence   C. absence

Answer: 1. **B**、2. **C**
中譯：1. 你可以看到只有和諧代的的邏輯結相比擬。
2. 老師因為你不斷的缺席所以只好選你當掉了。

167

prove

v. 證明

單字家族裡每個成員看起來很相似,但睜大眼睛看,使用不同的組成方式,就各有不同的意思喔!就讓我們一磚一瓦建立與「prove」相關的字詞,輕鬆和樓上與樓下各個單字混熟吧!

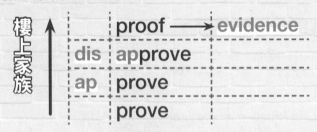

樓上家族

	proof ⟶	evidence
dis	approve	
ap	prove	
	prove	

樓下家族

certify
certificate

樓上

❶ proof → *n.* 證據;證明

❷ disapprove → *v.* 不贊成
└▶ 表示否定

❸ approve → *v.* 批准;認可
└▶ 表示「內向」

❹ prove → *v.* 證明

proof 的隔壁鄰居

evidence → *n.* 證據;證明

樓下

❶ certify → *n.* 擔保;證明
└▶ 表示「確認」

❷ certificate → *n.* 證書／*v.* 以證書授權

168

進入片語水泥鞏固實力

1. **put...to the proof** 試驗
2. **improve on / upon** 改進
3. **approve of** 贊同
4. **issue a certificate** 發給證書

打地基的材料不可混淆

proof / evidence都有「證據」的意思。proof指分量極重足以消除任何懷疑的證明。evidence 是質詢中為支持論點所提出的資料。

- **When the thief faced the solid proof, he had to admit his crime.**
  面對確鑿的證據，小偷不得不承認自己的罪名。
- **I have evidence to support this opinion.** 我有證據支持這一觀點。

敲敲成品測試努力成果

1. **A witness gave important _____ about the case, so the suspect was caught immediately.**

   A. evidence   B. foundation   C. inspection

2. **The rumor is _____ to be true.**

   A. evidence   B. certified   C. proved

quality
n. 質、品質

單字家族裡每個成員看起來很相似，但睜大眼睛看，使用不同的組成方式，就各有不同的意思喔！就讓我們一磚一瓦建立與「quility」相關的字詞，輕鬆和樓上與樓下各個單字混熟吧！

樓上家族

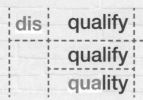

dis	qualify
	qualify
	quality

樓下家族

	quantity → amount
	quantify

樓上

❶ **dis**qualify → *v.* 使不合格；取消資格

❷ qualify → *v.* 使合格

❸ quality → *n.* 質；品質

樓下

❶ quantity → *n.* 份量；數量

❷ quantify → *v.* 以數量表示；量化

進入片語水泥鞏固實力

1. **quality assurance** 品質保證
2. **amout to...** 總計為……
3. **quality control** 品質控管
4. **quality for** 有……資格

打地基的材料不可混淆

quality / quantity的差異。quality指事物的「質、品質」，既可當可數名詞，也可當不可數名詞。quantity指數量，特別是可用大小、體積、總數、重量及長度來測量的東西，其複數形式表示「大量」，當不可數名詞時，常指與「品質」相對應的「數量」。

- **The quality of service has improved.** 服務品質提高了
- **A large quantity of beer was sold.** 大量啤酒已出售。

敲敲成品測試努力成果

1. **Salary should outweight the _____ of life.**
   A. quantity　　　B. disqualify　　　C. quality

2. **He was _____ from the game due to his attempt of cheating.**
   A. qualified　　　B. disqualified　　　C. qualification

Answer: 1. C、2. B
中譯：1. 薪水不應凌駕過生活品質。
2. 他因試著作弊而被取消了比賽資格。

171

quiet
adj. 安靜的

單字家族裡每個成員看起來很相似,但睜大眼睛看,使用不同的組成方式,就各有不同的意思喔!就讓我們一磚一瓦建立與「quiet」相關的字詞,輕鬆和樓上與樓下各個單字混熟吧!

樓上家族

quit

quite ──→ really

quiet

樓下家族

silent

silence

樓上

❶ quit
→ *v.* 停止;放棄

❷ quite
→ *adv.* 十分;很;相當

❸ quiet
→ *adj.* 安靜的

quite 的隔壁鄰居

really
→ *adv.* 十分;很;確實

樓下

❶ silent → *adj.* 沉默的

❷ silence → *n.* 寂靜/*v.* 使安靜

進入片語水泥鞏固實力

1. **be silent on /about** 對……保持緘默
2. **in silence** 靜靜地
3. **keep quiet** 保持安靜
4. **quit Ving** 停止做某事

Q

打地基的材料不可混淆

quiet / silent / calm / still 的差異。quiet 表示靜止不動的，強調「寧靜」，幾乎沒有什麼聲音，也沒有擾亂。calm 主要指天氣、海、湖等風平浪靜，或表示人「鎮定自若」。still 表示靜止不動的，強調靜止。

● **He always keeps silent in class.** 他總是在課堂上保持沉默。
● **The lake was very calm.** 湖水很平靜。
● **Keep still while I cut your hair.** 我幫你剪頭髮時，你不要動。

敲敲成品測試努力成果

1. The little boy stood _____ behind the door so that his mother couldn't find him.
   A. still   B. pause   C. peaceful

2. To avoid waking his father up, Jim walked out of the door in _____.
   A. silent   B. silence   C. quiet

quiver

v. / n. 顫抖

單字家族裡每個成員都是相互相依的！就讓我們一磚一瓦建立與「quiver」相關的字詞，輕鬆和樓上與樓下各個單字混熟吧！

樓上家族 ↑

tremble
shudder
shiver
quaver
quiver

樓下家族 ↓

steady
calm
solid

樓上

❶ tremble → *v. / n.* 發抖；顫抖
❷ shudder → *v. / n.* 顫慄；發抖；劇烈震動
❸ shiver → *v. / n.* 發抖；顫抖；寒顫
❹ quaver → *v. / n.* 顫抖
❺ quiver → *v. / n.* 顫抖

樓下

❶ steady → *adj.* 持續的；平穩的；有規律的
❷ calm → *adj.* 平靜的 *v.* 使平靜
❸ solid → *adj.* 堅固的；堅硬的；實心的

進入片語水泥鞏固實力

1. **tremble to think**　擔心、害怕將會發生的事
2. **send shivers down one's spine**　讓某人非常害怕／興奮
3. **remain steady**　保持平穩
4. **calm down**　冷靜下來

Q

打地基的材料不可混淆

shiver / quaver / quiver / shudder / tremble 都代表「顫抖」的意思。shiver 通常指因寒冷、驚嚇、恐懼、因病而引起的顫抖。quaver 指的是聲音的顫抖。quiver 指的是因憤怒、激動等情緒引起的發抖。shudder 是因某種不舒服、害怕引起的發抖。tremble 是因寒冷、害怕或情緒激動的顫抖。

- **He shivered with cold in his shorts.** 他只穿著短褲，冷得直發抖。
- **I heard the quaver in her voice.** 我聽見她聲音的顫抖。
- **She quivered with anger she saw the teenager hit the homeless man and decided to call the police.**
  當她看到那名年輕人毆打無家可歸的男子時，她氣得發抖並決定報警。
- **The sight of the crime scene makes me shudder.**
  看見犯罪現場，我不禁開始顫抖。
- **My legs are trembling on such a freezing day.**
  我的腳在如此寒冷的天氣中不斷發抖。

敲敲成品測試努力成果

1. I _____ to think how he will react after hearing this new.
   A. tremple　　　B. tremble　　　C. temple

2. Detective novels always send _____ down my spine.
   A. shimmer　　　B. shiver　　　C. shivery

2. 偵探小說總讓我毛骨悚然。

中譯：1. 一想到他知道這個新聞後會有何反應我就嚇得直發抖。

Answer: 1. **B**、2. **B**

receive
v. 收到

單字家族裡每個成員看起來很相似,但睜大眼睛看,使用不同的組成方式,就各有不同的意思喔!就讓我們一磚一瓦建立與「receive」相關的字詞,輕鬆和樓上與樓下各個單字混熟吧!

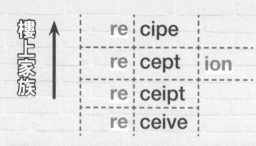

樓上

① re**cipe** → *n.* 食譜;秘訣(注意發音:[ˈrɛsəpɪ])

② re**cept**ion → *n.* 接受
     └→名詞字尾

③ re**ceipt** → *n.* 收到;收據;發票(注意發音:[rɪˈsit])

④ re**ceive** → *v.* 收到;接收
  └→表示「拿取」

樓下

① con**ceive** → *v.* 構想;構思

② con**cept** → *n.* 概念

③ con**ception** → *n.* 觀念;計畫
      └→名詞字尾

1. on receipt of... 一收到……
2. conceive of 想像；設想出
3. a conception of... 對……的概念
4. grasp a concept 了解一個概念

R

打地基的材料不可混淆

receive/ accept都有「接收」的意思 receive表收到、接到某東西。accept
則多了一層主觀意義，表示願意接受。

● **I have received the invitation.** 我收到了邀請函。
● **I couldn't accept your gift.** 我不能接受你的禮物。

敲敲成品測試努力成果

1. Lucy _____ a bouquet of roses, but she didn't accept it.
　　A. deserve 　　　B.· contribute 　　　C.· received

2. This is an abstract _____; few people understand it.
　　A. recipe 　　　B. concept 　　　C. conceive

reduce

v. 減少、降低

單字家族裡每個成員都是相互相依的！就讓我們一磚一瓦建立與「reduce」相關的字詞，輕鬆和樓上與樓下各個單字混熟吧！

樓上家族

	cease
in	crease
de	crease
	reduce

樓下家族

de	cline
in	cline
re	cline

樓上

❶ cease   → *v.* 停止；終止

❷ increase   → *v.* / *n.* 增加；增強

❸ decrease   → *v.* / *n.* 減少；減退

❹ reduce   → *v.* 減少；降低
　　└─→表示「引導」

樓下

❶ decline   → *v.* 下降；衰敗；傾斜；婉拒
　　└─→表示「傾斜」

❷ incline   → *v.* 傾斜

❸ recline   → *v.* （使）向後倚靠

進入片語水泥鞏固實力

1. reduce sb. to tears 使某人流淚
2. on the increase 正在增加；不斷增長
3. dramatically/ drastically decrease 大幅減少
4. a sharp dramatic increase 大幅上升

R

打地基的材料不可混淆

reduce / decrease 都有「減少」的意思。reduce 指人為的減低，常及物動詞。decrease 多作不及物動詞，表示體積或數量上的逐減減少。

● **Please Reduce speed now.** 請現在減速行駛。
● **The number of students decreased from 5000 to 4800 this year.**
  今年學生人數從5000減少到4800。

敲敲成品測試努力成果

1. I had to _____ Jack's invitation to the party because it conflicted
   with an important business meeting.
   A. decline   B. depart   C. devote

2. The rate of employment is on the _____.
   A. reduce   B. recycle   C. increase

regard

v. 把……視為；考慮／*n.* 考慮；關心

單字家族裡每個成員看起來很相似，但睜大眼睛看，使用不同的組成方式，就各有不同的意思喔！就讓我們一磚一瓦建立與「regard」相關的字詞，輕鬆和樓上與樓下各個單字混熟吧！

樓上家族

dis	regard	
	regard	less
	regard	ing
	regard	

樓下家族

consider	
consider	ate
consider	ation

樓上

❶ **dis**regard → *v. / n.* 蔑視；忽視
　└→表示「不」

❷ **regardless** → *adv.* 不論；無關
　　　└→表示「沒有……」

❸ **regarding** → *prep.* 關於
　└→形容詞字尾

❹ **regard** → *v.* 把……視為；考慮／*n.* 考慮；關心

樓下

❶ **consider** → *v.* 把……視為；考慮；構想

❷ **considerate** → *adj.* 體貼的

❸ **consideration** → *n.* 考慮
　　　└→名詞字尾

1. **regard A as B**　把A視為B
2. **as regards**　關於；至於
3. **regardless of**　不管
4. **in disregard of**　無視
5. **in consideration of**　考慮到
6. **take into consideration**　考慮到；顧及

R

打地基的材料不可混淆

regard / consider 都有「視為」的意思。通常使用的方式為 consider sb Adj./ consider N. as Adj./ consider N. to be N. or Adj.，皆可用來表達視某人具有某種特質；用到 regard 時，則可用 regard N. as N./ 形容詞片語。需注意到的是，consider 也可以有「考慮」之意，可用 consider Ving/ wh-phrase。

- **We regard him as a friend. = We consider him a good friend.**
  我們把他當作朋友。
- **I'm considering going abroad.** 我正在考慮出國。

敲敲成品測試努力成果

1. Emily _____ language ability as the crucial skill to find a good job.
   A. assigned　　B. regarded　　C. imitated

2. _____ of cost, I must achieve this goal.
   A. Regard　　B. Regardless　　C. Disregard

中譯：1. 艾蜜莉把語言能力視為找到好工作的重要技能。
2. 不惜任何代價，我一定要達成這個目標。
Answer: 1. **B**、2. **B**

181

relate

v. 敘述、發生關係

單字家族裡每個成員看起來很相似，但睜大眼睛看，使用不同的組成方式，就各有不同的意思喔！就讓我們一磚一瓦建立與「relate」相關的字詞，輕鬆和樓上與樓下各個單字混熟吧！

樓上家族

relation	ship
relat	ive
relat	ion
relate	

樓下家族

cor	relate	
cor	relat	ion
cor	relat	ive

樓上

❶ **relation**ship → *n.* 關係
　　　　　　└─▸表示「關係」
❷ **relat**ive → *adj.* 相對的；有關聯的／*n.* 親戚
❸ **relat**ion → *n.* 關係
　　　　　└─▸名詞字尾
❹ **relate** → *v.* 敘述；有關

樓下

❶ **cor**relate → *v.* （使）關聯；（使）相關
　　　　　└─▸表示「一起」
❷ **cor**relation → *n.* 關聯；相關；聯繫
　　　　　　└─▸名詞字尾
❸ **cor**relative → *adj.* 相對的／*n.* 相關聯（的事物）

進入片語水泥鞏固實力

1. **relate to...** 關於……；和……相關
2. **in relation to...** 關於……；和……相關
3. **a close/distant relative** 近／遠親
4. **coorelate strongly with** 與……極度相關

R

打地基的材料不可混淆

relative / relation / relationship都有「關係」的意思。relative 指親戚。relation 指親屬，包括父母、子女等，不僅有血緣關係，而且有法律地位也可單指人際間的「往來」。relationship 指姻親關係或戀愛關係。

- **He's my distant relative who makes a living as a journalist.**
  他是我的遠親，以記者的身分為生。
- **My grandna had no other near relations except the one living in the far north.** 我奶奶沒有其他近親，除了住在遙遠北方的那位。
- **I don't want a new relationship now. It's kind of tiring.**
  我不想要談新戀情，有點累人。

敲敲成品測試努力成果

1. I talked to my professor for the whole morning in _____ to my graduation thesis.
   A. relative　　B. relate　　C. relation

2. These two ideas _____ closely with each other.
   A. combine　　B. relation　　C. correlate

中譯：1. 我用我的整個上午和我的畢業論文談了一整個早上。
2. 這兩個想法彼此密切相關。

Answer: 1. C、2. C

183

request

n. /v. 要求、請求

單字家族裡每個成員看起來很相似,但睜大眼睛看,使用不同的組成方式,就各有不同的意思喔!就讓我們一磚一瓦建立與「request」相關的字詞,輕鬆和樓上與樓下各個單字混熟吧!

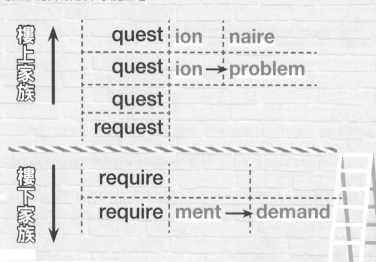

樓上家族			
	quest	ion	naire
	quest	ion →	problem
	quest		
	request		

樓下家族			
	require		
	require	ment →	demand

樓上

① questi**onnaire** → *n.* 問卷

question 的隔壁鄰居 **problem**
→ *n.* 問題;疑問

② question → *n.* 問題 *v.* 質疑
└→ 名詞字尾

③ quest → *n.* 探索;尋求;追求

④ request → *n.* / *v.* 要求;請求

樓下

① require
→ *v.* 需要;有賴於;要求;規定

② require**ment** → *n.* 需要;有賴於;要求;規定
└→ 名詞字尾

requirement 的隔壁鄰居 **demand**
→ *v.* 堅決請求;強烈要求

進入片語水泥鞏固實力

1. **fill out a questionnaire** 填寫問卷
2. **at somebody's request** 依照某人要求
3. **submit a request** 提出要求
4. **meet a requirement** 達到要求

打地基的材料不可混淆

question / problem 都有「問題」的意思。question 是對某事懷疑而提出等待回答的問題，強調疑惑。problem 是客觀存在等待解決的問題，強調困難。

- **The first question was very difficult.** 第一題很難。
- **The lack of exercise is a big problem in modern lifestyle.**
  缺乏運動是現代生活最大的問題。

敲敲成品測試努力成果

1. **The project to build a modern laboratory was _____.**
   A. grant   B. questionnaire   C. questioned

2. **You are such a good employee who always meet my _____.**
   A. require   B. requirement   C. retirement

retain
v. 保持

單字家族裡每個成員看起來很相似，但睜大眼睛看，使用不同的組成方式，就各有不同的意思喔！就讓我們一磚一瓦建立與「retain」相關的字詞，輕鬆和樓上與樓下各個單字混熟吧！

樓上家族

main	ten	ance
main	tain	
sus	tain	
re	tain	

樓下家族

ob	tain → gain	
at	tain	
at	tain	ment

樓上

❶ **maintenance** → n. 維修
└→ 表示「性質；狀況」

❷ **maintain** → v. 維持
└→ 表示「手」

❸ **sustain** → v. 支持；支撐

❹ **retain** → v. 保持
└→ 表示「推持」（hold）

樓下

❶ **obtain** → v. 獲得

❷ **attain** → v. 獲得；達成
└→ 表示「朝向……」

❸ **attainment** → n. 到達
└→ 名詞字尾

obtain 的隔壁鄰居

gain
→ v. 取得；獲得；贏得

進入片語水泥鞏固實力

1. **attain to...** 努力達成……；獲得……
2. **maintenance fee** 維修費
3. **obtain knowledge** 獲得知識
4. **sustain life** 維持生命

R

打地基的材料不可混淆

maintain / defend 都有「保衛」的意思。maintain 側重於維護或維持，使某事物處於同一水準或標準。defend 強調保護某人或某物，使其遠離傷害，還有防禦、捍衛之意。

- **The security guards have been maintaining the security of the building.** 警衛持續維護大樓安全
- **Everyone has the right to defend their point of view.**
  每個人都有權捍衛自己的觀點。

敲敲成品測試努力成果

1. **The innocent man hired a famous lawyer to _____ him.**
   A. defend   B. revise   C. compute

2. **The soil here is not deep enough to _____ the big tree.**
   A. defend   B. obtain   C. sustain

review

v. 複習、溫習

單字家族裡每個成員看起來很相似，但睜大眼睛看，使用不同的組成方式，就各有不同的意思喔！就讓我們一磚一瓦建立與「review」相關的字詞，輕鬆和樓上與樓下各個單字混熟吧！

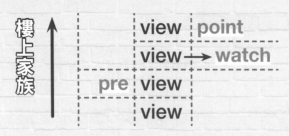

樓上家族

view	point
view →	watch
pre view	
view	

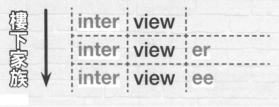

樓下家族

inter	view	
inter	view	er
inter	view	ee

樓上

❶ viewpoint → *n.* 觀點

❷ view → *v.* 觀看／*n.* 風景

❸ preview → *v. / n.* 預習；預演
└─▶表示「事先……」

❹ review → *v.* 複習；溫習
└─▶表示「再次；又」

view 的隔壁鄰居

watch
→ *v.* 觀看；注視；照護

樓下

❶ interview → *n. / v.* 面試；接見；採訪
└─▶表示「在……之間」

❷ interviewer → *n.* 採訪者
└─▶表示「做某事的人」

❸ interviewee → *n.* 接受面試者

進入片語水泥鞏固實力

1. **in view of...** 鑒於……；考慮到
2. **with a view to...** 為了……；為的是……
3. **view A as B** 把A視為B
4. **job interview** 求職面試

打地基的材料不可混淆

view / watch 作動詞時都有「看」的意思。view 表示較為仔細的查看、觀看，也可搭配 as 表示「將……視為」之意。watch 則多指單純的注視或看的動作，在特殊情況下也可以用作「監視」或「當心」。

- **He viewed the statue with a magnifying glass.**
  他用放大鏡仔細地觀察這尊雕塑。
- **He watched for signs of activity in the house.**
  他觀察著那幢房子裡的動靜。

敲敲成品測試努力成果

1. As a mature person, you should _____ the problem as a challenge instead of trouble.

   A. break   B. view   C. solve

2. To get good grades on the tests, John always _____ his notes after class.

   A. previews   B. views   C. reviews

Answer: 1. B、2. C
中譯：1. 作為一個成熟的人，你應該把這個問題視為挑戰，而不是給自己找麻煩。
2. 為了得到好成績，約翰每次都會在課後複習他的筆記。

189

round

adj. 圓形的／*n.* 圓狀物／*adv.* 環繞地／
prep. 圍繞／*v.* 環繞

單字家族裡每個成員看起來很相似，但睜大眼睛看，使用不同的組成方式，就各有不同的意思喔！就讓我們一磚一瓦建立與「round」相關的字詞，輕鬆和樓上與樓下各個單字混熟吧！

樓上家族

under	ground	
back	ground	
	ground	
	round	

樓下家族

sur	round	
sur	round	ing
sur	round	ing	s

樓上

❶ **under**ground
→ *adj.* 地下的／*n.* 地下鐵／*adv.* 在地下；秘密地

❷ **back**ground → *n.* 背景；遠景

❸ ground → *n.* 地面／*v.* 把……放在地上

❹ round
→ *adj.* 圓形的／*n.* 圓狀物／*adv.* 環繞地／*prep.* 圍繞／*v.* 環繞

樓下

❶ surround → *v.* 圍繞；包圍

❷ surrounding → *adj.* 周圍的／*n.* 環境

❸ surroundings → *n.* 環境

進入片語水泥鞏固實力

1. **all (the) year round** 一年到頭
2. **on (the) grounds of...** 根據……；以……為理由
3. **be surrounded by** 被……圍繞
4. **family background** 家庭背景

打地基的材料不可混淆

round / around 都有「繞」的意思。round 除了副詞、介系詞以外，還可以作形容詞、名詞、動詞。around 只作副詞和介系詞。二者作副詞和介系詞時意思很相近，不過round 多用於英式英語，around 多用於美式英語，round 強調動態，around 強調靜態。

- **The earth goes round / around the sun.**
  （美式英語中較常用around 來表達此意）地球繞著太陽轉。
- **The cat ran around in the garden.** 那隻貓在花園裡跑來跑去。

敲敲成品測試努力成果

1. The power workers had to work _____ to repair the power lines since the whole sity was in the dark.
   A. around the clock　　B. in the extreme　　C. on the house

2. This hotel is _____ by mountains and trees.
   A. surrounding　　　B. surroundings　　　C. surrounded

Answer: 1. A、2. C
中譯：1. 因為整座城市陷入黑暗中，電力公司必須日以繼夜地工作來修復電纜。
2. 這座飯店被群山包圍著。

191

similar

adj. 相似的、類似的

單字家族裡每個成員看起來很相似，但睜大眼睛看，使用不同的組成方式，就各有不同的意思喔！就讓我們一磚一瓦建立與「similar」相關的字詞，輕鬆和樓上與樓下各個單字混熟吧！

樓上家族

simul	ation
simil	arity
simil	ar ——→ parallel

樓下家族

identi	cal
identi	fy
identi	fication

樓上

❶ simulation → *n.* 模擬

❷ similarity → *n.* 相似；類似

❸ similar → *adj.* 相似的；類似的

similar 的隔壁鄰居

parallel
→ *n.* 類似的人（或事物）；平行線（面）
adj. 平行的
v. 使成平行

樓下

❶ identical → *adj.* 相同的
└─→形容詞字尾

❷ identify → *v.* 認出
└─→表示「使變成……」

❸ identification → *n.* 識別；確認
└─→名詞字尾

進入片語水泥鞏固實力

1. **identical twins** 同卵雙胞胎
2. **identification card = ID card** 身分證
3. **be similar to** 與……相似
4. **computer simulation** 電腦模擬

打地基的材料不可混淆

parallel / similar 都有「相似」的意思。parallel 用於無論在性質上還是表面上極相似的事物，也指歷史發展過程或原因的相似。similar 指兩個不同事物的相同或相近，也在形狀上相似。

- **The growth of the two towns was almost parallel.**
  這兩個城鎮的發展情況幾乎相同。
- **My opinions are similar to his.** 我的觀點和他的相近。

敲敲成品測試努力成果

1. What a coincidence! Your skirt is the _____ to the one I had on yesterday.
   A. comparison   B. jeans   C. simstar

2. I can never tell between the _____ twins.
   A. identical   B. identify   C. identification

S

search
v. / n. 搜索、搜尋、調查

單字家族裡每個成員看起來很相似，但睜大眼睛看，使用不同的組成方式，就各有不同的意思喔！就讓我們一磚一瓦建立與「search」相關的字詞，輕鬆和樓上與樓下各個單字混熟吧！

樓上家族

re	search	er
re	search	
	search	

樓下家族

explor	e
explor	ation
explor	er

樓上

❶ **researcher** → *n.* 調查員
　　　　　　　└▶表示「做某事的人」

❷ **research** → *v. / n.* 調查；研究

❸ **search** → *v. / n.* 搜尋；調查

樓下

❶ **explore** → *v.* 探險；探索

❷ **exploration** → *n.* 探索；探究
　　　　　　　└▶名詞字尾

❸ **explorer** → *n.* 探險家
　　　　　　└▶表示「做某事的人」

1. search for 尋找
2. research and development 研發
3. explore the possibility 探究可能性
4. explore for gold 淘金

search / explore / seek 都有「查詢」的意思。search 側重於搜查某場所或人。explore 強調探查某個地區或有關範圍，以發現該地區相關的事實。seek 強調設法找尋某物。

- **Firefighters searched the building for the missing boy.**
  消防隊員在建築物中找尋那個失蹤的男孩。
- **They explored the land in the southern area.**
  他們探查了南部區域的土地。
- **They couldn't seek a place to hide in the downpour.**
  他們在大雨中找不到藏身之處。

1. The chef regularly _____ new ingredients for the seasonal menu.
   A. consists of   B. fills with   C. searches for

2. According to _____, more and more woman nowadays are financially independent.
   A. reach   B. research   C. rehearsal

season

n. 季節

單字家族裡每個成員都是相互相依的！就讓我們一磚一瓦建立與「season」相關的字詞，輕鬆和樓上與樓下各個單字混熟吧！

樓上家族

leap
jump
spring
season

樓下家族

autumn
fall
drop

樓上

❶ leap → *v. / n.* 跳；跳躍

❷ jump → *v. / n.* 跳；跳躍

❸ spring → *n.* 春天；（源）泉；*n. / v.* 跳躍

❹ season → *n.* 季節

樓下

❶ autumn → *n.* 秋天

❷ fall → *n.* 秋天；降落；減少／ *v.* 降落；減少

❸ drop → *n.* 滴；落下；／ *v.* 落下；低下

進入片語水泥鞏固實力

1. in season 應時的；在旺季的
2. at all seasons 一年四季的
3. hot spring 溫泉
4. leap year 閏年
5. leap in the dark 冒險的行動

打地基的材料不可混淆

jump / leap / spring 都有「跳」的意思。這三個字在不少場合可以互換，但仍有些不同。jump 表從地面或其他平面上跳起。leap 可指比jump 更用力跳，但也指輕快地跳，如舞蹈者的跳是leap。spring 著重跳躍或彈起動作。

● **The cat jumped onto the table.** 貓跳到了桌子上。
● **The monkey leaped from this tree to another.**
　猴子從這棵樹跳到了那棵樹上。
● **I sprang to my feet upon hearing such great news.**
　聽到如此好消息我驚跳了起來。

敲敲成品測試努力成果

1. Their decision to set up a new business was a _____.
　A. slip of the tongue　B. penny for your thoughts　C. leap in the dark

2. Summer is my favorite _____ thoughout a year.
　A. reason　　　B. season　　　C. notion

2. 夏天是我一年中最愛的季節。
中譯：1. 他們決定創業是個冒險的舉動。
Answer: 1. C、2. B

secret

n. 秘密

單字家族裡每個成員看起來很相似，但睜大眼睛看，使用不同的組成方式，就各有不同的意思喔！就讓我們一磚一瓦建立與「secret」相關的字詞，輕鬆和樓上與樓下各個單字混熟吧！

樓上家族

privacy
private ⟶ personal
secretary
secret

樓下家族

shield
obscure
hide

樓上

❶ privacy → *n.* 隱居；獨處；隱私

❷ private → *adj.* 私人的；私下的

❸ secretary → *n.* 秘書；書記

❹ secret → *n.* 秘密

private 的隔壁鄰居

personal
→ *adj.* 各人的

樓下

❶ shield → *v.* 掩蓋；保護／ *n.* 盾；防禦物

❷ obscure → *v.* 遮掩；混淆／ *adj.* 模糊的；晦澀的

❸ hide → *v.* 把……藏起來

進入片語水泥鞏固實力

1. **in secret** 暗地裡；祕密地
2. **hide sth. from sb.** 對某人隱瞞某事
3. **in private** 私底下
4. **the secret to Ving / n.** 做⋯⋯的秘訣
5. **an obscure person** 默默無名之人
6. **to shielf sth. from sth.** 保護⋯⋯

打地基的材料不可混淆

private / personal 都有「個人」的意思。private 強調私有的、私營的。personal 強調個人的、私人的，是某人自己的，而不屬於其他人。

- **a private company** 私人公司
- **personal belongings** 私人物品

敲敲成品測試努力成果

1. Don't tell strangers anything about your _____ information in order to protect yourself.
   A. expensive　　B. personal　　C. local

2. The manager asked me to talk about this in _____.
   A. personal　　B. privacy　　C. private

select

v. 挑選／*adj.* 精選的

單字家族裡每個成員看起來很相似，但睜大眼睛看，使用不同的組成方式，就各有不同的意思喔！就讓我們一磚一瓦建立與「select」相關的字詞，輕鬆和樓上與樓下各個單字混熟吧！

樓上家族 ↑

| ballot |
| elect : ion |
| elect |
| select |

樓下家族 ↓

| collect |
| collect : ion |
| collect : ive |

樓上 ↑

❶ ballot → *n.* 選票／*v.* 投票＝vote 投票

❷ election → *n.* 選舉
　　└→名詞字尾

❸ elect → *v.* 選舉推選／*adj.* 選定的

❹ select → *v.* 挑選／*adj.* 精選的
　　└→表示「挑選」

樓下 ↓

❶ collect → *v.* 收集；蒐集

❷ collection → *n.* 收集
　　└→名詞字尾

❸ collective → *adj.* 集合的；集體的／*n.* 集體企業
　　└→形容詞／名詞字尾

進入片語水泥鞏固實力

1. **ballot for...** 為……而進行選舉、投票
2. **put sth. to the ballot** 投票表決某事
3. **collection box** 募捐箱
4. **collective effort** 共同努力

打地基的材料不可混淆

collect / gather 都有「集」的意思。collect 指有計畫且有選擇地收集某物。有一定的目的或是出於愛好，強調逐漸收集的過程，如 collect stamps（集郵）。gather 指搜集或聚集，如收集情報等，且若指一群人聚集起來，也是用 gather 此字。

- **I like collecting figurines.** 我喜歡收集公仔。
- **Students gather information before writing their group report.**
  學生在寫分組報告之前，收集了一些資訊。

敲敲成品測試努力成果

1. He always _____ postcards when traveling.
   A. matches   B. collects   C. produces

2. He always shows off his _____ of jewely.
   A. select   B. election   C. collection

Answer: 1. **B**、2. **C**

中譯：1. 他旅行時總會蒐集明信片。因為他們的興趣就是收藏明信片。
2. 他總是炫耀他的珠寶收藏。

sense

n. 意識、感覺／*v.* 感覺到

單字家族裡每個成員看起來很相似,但睜大眼睛看,使用不同的組成方式,就各有不同的意思喔!就讓我們一磚一瓦建立與「sense」相關的字詞,輕鬆和樓上與樓下各個單字混熟吧!

樓上家族 ↑

senti	ment
sens	itive
sens	ible
non	sense
	sense

樓下家族 ↓

| sens | ation | → feeling |
| sens | ation | al |

樓上

❶ sentiment → *n.* 情緒
 └→ 名詞字尾

❷ sensitive → *adj.* 敏感的;靈敏的
 └→ 形容詞字尾

❸ sensible → *adj.* 明智的;合情理的

❹ nonsense → *n.* 胡說;廢話
 └→ 表示「不;沒有」

❺ sense → *n.* 意識;感覺／*v.* 感覺到
 └→ 表示「感覺」

樓下

❶ sensation → *n.* 知覺;轟動
 └→ 名詞字尾

❷ sensational → *adj.* 精彩的;令人興奮的
 └→ 形容詞字尾

sensation 的隔壁鄰居

feeling
→ *n.* 感覺;
 感情;
 情緒

進入片語水泥鞏固實力

1. **come to one's sense** 恢復理性；醒悟過來
2. **in a sense** 從某種意義上來說
3. **talk sense** 說得有理
4. **make sense** 有道理

打地基的材料不可混淆

sensation / feeling 都有「感覺」的意思。sensation 指當身體感覺能力。feeling 強調內心和感官的感覺、感觸。

- **I had a sensation of burning on my hands.** 我的手有燒灼的感覺。
- **I've got guilty feelings.** 我感到內疚。

敲敲成品測試努力成果

1. The shooting of the Hollywood film created a great _____ in the small town.

   A. success   B. punishment   C. sensation

2. I always get lost in a foreign place because I have a poor _____ of direction.

   A. sense   B. sensation   C. sentiment

Answer: 1. C、2. A
中譯：1. 好萊塢電影的拍攝在小鎮造成一陣轟動。
　　2. 我老是到陌生的地方總會迷路，因為我沒有方向感。

203

set

n. 套、組／*v.* 放、置

單字家族裡每個成員看起來很相似，但睜大眼睛看，使用不同的組成方式，就各有不同的意思喔！就讓我們一磚一瓦建立與「set」相關的字詞，輕鬆和樓上與樓下各個單字混熟吧！

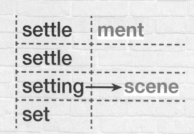

樓上家族	settle	ment
	settle	
	setting → scene	
	set	

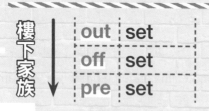

樓下家族	out	set
	off	set
	pre	set

樓上

❶ settlement → *n.* 定居；安頓
　　　　　↳名詞字尾

❷ settle → *v.* 安放；安頓；決定

❸ setting → *n.* 安置；設定；布景

❹ set → *n.* 套；組／*v.* 放；置

 setting 的隔壁鄰居

scene
→ *n.* 場景；鏡頭

樓下

❶ outset → *n.* 開始；開頭

❷ offset → *v.* 抵消；補償

❸ preset → *v.* 預設；預先安排／*adj.* 預定的；提前同意的
　　　　　↳表示「先前」

進入片語水泥鞏固實力

1. **set about** 開始；著手
2. **set off** 出發；啟程
3. **set out** 動身啟程；開始
4. **set up** 建立；創立
5. **settle down** 定居

打地基的材料不可混淆

S

setting / scene 都有「布景」的意思。setting 一般只專指舞台布景或戲劇、小說等的背景。scene 多指真實事件的發生地點。

- **The setting of this act is a tall building.** 這一幕的布景是幢高樓。
- **A dark lane was the scene of the detective story.**
  暗巷是偵探小說的故事場景。

敲敲成品測試努力成果

1. Sara enjoys amusing her friends by _____ stories.
   A. Speaking out　B. setting off　　C. making up

2. We should hurry up and _____ the equipment for the presentation.
   A. set off　　　B. set up　　　C. settle down

sex

n. 性別

單字家族裡每個成員看起來很相似，但睜大眼睛看，使用不同的組成方式，就各有不同的意思喔！就讓我們一磚一瓦建立與「sex」相關的字詞，輕鬆和樓上與樓下各個單字混熟吧！

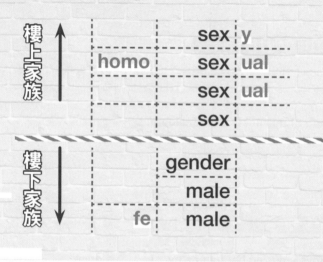

樓上家族			
		sex	y
	homo	sex	ual
		sex	ual
		sex	

樓下家族		
	gender	
	male	
fe	male	

樓上

❶ sexy　　　　　→ *adj.* 性感的

❷ homosexual → *adj.* 同性戀的／*n.* 同性戀者
　└→表示「相同」
　　　└→形容詞字尾

❸ sexual　　　　→ *adj.* 性慾的；性行為的

❹ sex　　　　　→ *n.* 性別；性行為

樓下

❶ gender　　　→ *n.* 性別；性
　└→表示「生產」

❷ male　　　　→ *adj.* 男性的／*n.* 男性

❸ female　　　→ *adj.* 女性的／*n.* 女性

進入片語水泥鞏固實力

1. **sexual discrimination** 性別歧視
2. **sexual harassment** 性騷擾
3. **gender equality** 性別平權
4. **male chauvinism** 大男人主義

打地基的材料不可混淆

female / male / feminine / masculine 等與性別相關單字的用法。female / male 用來指性別中的「女性／男性」。feminine / masculine 只用來指人的性格中具有女性或男性典型的特徵，即「女性化的／男性化的」。

- **He / She talks in a feminine / masculine voice.**
  他／她用女性化／男性化的腔調講話
- **Over half of the employees are females.** 超過一半的員工都是女性。

敲敲成品測試努力成果

1. Sexual _____ still exists in most companies. Fewer females got a raise and promotion than male colleagues.
   A. harassment   B. discrimination   C. protection

2. Some people think there should be more than male and female these two _____.
   A. genes   B. generations   C. genders

Answer: 1. B、2. C
中譯：1. 性別歧視依然存在於大多數公司裡，較少的女性比起男性加薪和升遷。
2. 有些人認為，性別不該只有男女兩種而已。

stand

v. 忍受、站立／*n.* 站立

單字家族裡每個成員看起來很相似，但睜大眼睛看，使用不同的組成方式，就各有不同的意思喔！就讓我們一磚一瓦建立與「stand」相關的字詞，輕鬆和樓上與樓下各個單字混熟吧！

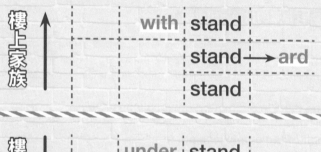

樓上家族		with	stand	
			stand →	ard
			stand	

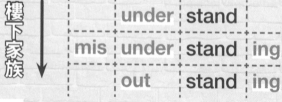

樓下家族		under	stand	
	mis	under	stand	ing
		out	stand	ing

樓上

❶ withstand → *v.* 承受

❷ standard → *adj.* 標準的／*n.* 標準

❸ stand → *v.* 忍受；站立／*n.* 站立

standard 的隔壁鄰居

level
→ *adj.* 水平的／*n.* 標準；水準

樓下

❶ understand → *v.* 領悟；理解

❷ misunderstanding → *v.* 誤解

❸ outstanding → *adj.* 傲人的；傑出的

進入片語水泥鞏固實力

1. **stand up** 站起來
2. **stand for** 代表；主張；支持
3. **stand out** 引人注目；傑出
4. **up to standard** 達到標準

打地基的材料不可混淆

stand / endure / put up with 都有「忍受」的意思。stand 指忍受侮辱、艱難、寒暑、費用等，用於肯定句中，有不屈不撓之意。endure 指承受較大的、較久的各種艱難或肉體上的痛苦，強調耐心。put up with 是通俗的用語，指容忍某人或某種不愉快的事，也指忍受某種輕微的傷害，有寬容、不計較、將就的含意，常用於否定句。

- **She can't stand the hot weather there.** 她無法忍受那裡炎熱的天氣。
- **She couldn't endure seeing animals ill-treated.**
  她不能容忍看到動物受虐待。
- **I can't put up with the noise anymore.** 我再也不能忍受那噪音了。

敲敲成品測試努力成果

1. A good politician must be able to _____ public criticism.
   A. inspect　　　B. withstand　　　C. manage

2. She _____ from all the other competitors and won the game in the end.
   A. stood out　　　B. outstanding　　　C. misunderstood

sight
n. 視覺、看見／*v.* 觀測、看

單字家族裡每個成員看起來很相似，但睜大眼睛看，使用不同的組成方式，就各有不同的意思喔！就讓我們一磚一瓦建立與「sight」相關的字詞，輕鬆和樓上與樓下各個單字混熟吧！

樓上家族 ↑

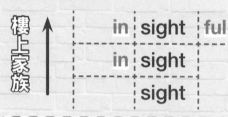

in	sight	ful
in	sight	
	sight	

樓下家族 ↓

eye	sight	
short	sight	ed
near	sight	ed

樓上

❶ **insightful** → *adj.* 有洞見的；具洞察力的

❷ **insight** → *n.* 洞察；見試
└→ 表「朝向」

❸ **sight** → *n.* 視覺；看見／*v.* 觀測；看

樓下

❶ **eyesight** → *n.* 視力

❷ **shortsighted** → *adj.* 短視的
└→ 形容詞字尾

❸ **nearsighted** → *adj.* 近視的

進入片語水泥鞏固實力

1. **in the sight of** 以……眼光來看
2. **at first sight** 乍看；第一眼看見時
3. **in sight** 看得見；在望
4. **out of sight** 看不見；在視野之外
5. **lose sight of** 看不見；消失

打地基的材料不可混淆

sight / see 都有「看」的意思。兩者雖然都可以表示看見，但 sight 很少強調觀看者的主動性，而強調被觀看者。而 see 則強調觀看者。

- **I saw her dancing.** 我看見她在跳舞。
- **Few kinds of birds can be sighted in this area.**
  這個地區所看到的鳥種類很少。

敲敲成品測試努力成果

1. He's an _____ person. What he says can always get to the heart of social problems.
    A. insightful   B. representative   C. innocent

2. I can't see the words on the board very well because I'm _____.
    A. Insightful   B. nearsighted   C. shortsighted

strict

adj. 嚴格的

單字家族裡每個成員看起來很相似，但睜大眼睛看，使用不同的組成方式，就各有不同的意思喔！就讓我們一磚一瓦建立與「strict」相關的字詞，輕鬆和樓上與樓下各個單字混熟吧！

樓上家族

re	strict	ion
re	strict → restrain
	strict	

樓下家族

| strike |
| attack |
| invade |

樓上

❶ restriction → *n.* 限制；約束
└→ 名詞字尾
❷ restrict → *v.* 限制
❸ strict → *adj.* 嚴格的

restrict 的隔壁鄰居　restrain → *v.* 抑制

樓下

❶ strike → *n. / v.* 罷工；打擊
❷ attack → *v.* 襲擊；侵害
❸ invade → *v.* 侵入；侵略

進入片語水泥鞏固實力

1. **strike off** 刪去；取消
2. **strike out** 想出
3. **stroke down** 安撫
4. **be (out) on strike** 罷工

打地基的材料不可混淆

restrict / restrain 都有「限制」的意思。restrict 指限定、限制（數量、範圍等）、約束只做某個特定活動或一定的量。restrain 尤指強力制止、管制或約束控制自己的感情、情緒。

- **He restricts himself one soda a day.** 他限制自己每天只喝一罐汽水。
- **She couldn't restrain her anger.** 她無法控制自己的怒氣。

敲敲成品測試努力成果

1. She _____ herself to two meals in order to keep weight.
   A. restricted　　　B. released　　　C. revealed

2. The teacher is _____ about being on time.
   A. street　　　B. strict　　　C. trick

stupid

adj. 愚笨的

單字家族裡每個成員都是相互相依的！就讓我們一磚一瓦建立與「stupid」相關的字詞，輕鬆和樓上與樓下各個單字混熟吧！

樓上家族

| idiot |
| fool |
| fool ish |
| stupid |

樓下家族

| ignor ant |
| ignor ance |
| ignore |

樓上

❶ idiot　　　→ *n.* 傻瓜；笨蛋

❷ fool　　　→ *n.* 傻子／ *v.* 愚弄；欺騙

❸ foolish　　→ *adj.* 愚笨的；愚蠢的

❹ stupid　　 → *adj.* 愚笨的

樓下

❶ ignorant　 → *adj.* 缺乏教育的；無知的

❷ ignorance → *n.* 無知；不學無術

❸ ignore　　→ *v.* 忽視；不理會

進入片語水泥鞏固實力

1. fool **about / around** 虛度光陰；遊手好閒
2. make a fool **of** 愚弄；使出糗
3. be ignorant **of...** 對……一無所知
4. April Fool's Day 愚人節

打地基的材料不可混淆

ignore / be ignorant of 之間的差別是：ignore 是主觀上刻意地忽視、不予理會。be ignorant of 則是無知地忽視，對某事物不了解。

S

- **He ignored his parents' advice.** 他對父母的建議不予理會。
- **She is completely ignorant of computer.** 她對電腦一無所知。

敲敲成品測試努力成果

1. **Mr. Chang always tries to answer all questions from his students. He will not _____ any of them.**
   A. reform   B. depress   C. ignore

2. **I finally realized that I was _____ by Jake.**
   A. fined   B. fooled   C. finished

Answer: 1. C、2. B
中譯：1. 張先生總是試著回答他班上學生的所有問題，他也不會忽視他們任何一個。
2. 我終於發現我被傑克愚弄了。

215

succeed
v. 成功、繼承

單字家族裡每個成員看起來很相似，但睜大眼睛看，使用不同的組成方式，就各有不同的意思喔！就讓我們一磚一瓦建立與「succeed」相關的字詞，輕鬆和樓上與樓下各個單字混熟吧！

樓上家族

success	ful
success	→ achievment
succeed	

樓下家族

in	herit
herit	age
heir	

樓上

❶ **successful**
→ *adj.* 成功的

❷ **success**
→ *n.* 成功

❸ **succeed**
→ *v.* 成功；繼承

success 的隔壁鄰居

achievement → *n.* 成就；功績
└→ 名詞字尾

樓下

❶ **inherit** → *v.* 繼承；接受

❷ **heritage** → *n.* 遺產

❸ **heir** → *n.* 繼承人

進入片語水泥鞏固實力

1. **succeed in...** ……成功
2. **succeed to** 繼承
3. **be successful in...** 在……成功
4. **achieve success** 達成

打地基的材料不可混淆

success/ achievement 都有「成功」的意思。success 指的是得到一直努力想得到的名利等。achievement 常指透過努力和技能而獲得成就。

- **What's your secret to success?** 你成功的秘訣是什麼？
- **The greatest achievement in the 19th century** 19世紀最偉大的成就

敲敲成品測試努力成果

1. The Eiffel Tower is a great_____of modern engineering.
   A. appreciation　　B. achievement　　C. approval

2. The young man _____ a billion dollars and became a billionaire overnight.
   A. inhabited　　B. inherited　　C. heritage

S

sum

n. / v. 總計、合計

單字家族裡每個成員看起來很相似，但睜大眼睛看，使用不同的組成方式，就各有不同的意思喔！就讓我們一磚一瓦建立與「sum」相關的字詞，輕鬆和樓上與樓下各個單字混熟吧！

樓上家族

summit
summar ize
summ ary
sum

樓下家族

amount
total
entire

樓上

❶ summit　　　→ *n.* 頂；高峰

❷ summarize　→ *v.* 總結；概括

❸ summary　　→ *n.* 摘要

❹ sum　　　　→ *n. / v.* 總計、合計

樓下

❶ amount　→ *n.* 總額／*v.* 合計

❷ total　　→ *adj.* 總計的／*n.* 合計／*v.* 合計為

❸ entire　 → *adj.* 全部的；完全的／*n.* 總體；全部

進入片語水泥鞏固實力

1. in sum 總而言之
2. sum up 總結；計算
3. in total 總共
4. summit meeting 高峰會議

打地基的材料不可混淆

entire(ly)/utter(ly)都有「完全」的意思。entire(ly)多用於持肯定態度的場合。utter(ly)則多用於強調否定態度的場合。

- **I entirely agree with you.** 我完全同意你的見解。
- **That was utter nonsense.** 那絕對是一派胡言。

敲敲成品測試努力成果

1. The book _____ is interesting and well-written.
　　A. summary　　　B. observation　　　C. assurance

2. _____, I think your presentation is really a great job.
　　A. In order　　　B. Unfortunately　　　C. To sum up

tempt
v. 誘惑、勾引

單字家族裡每個成員看起來很相似，但睜大眼睛看，使用不同的組成方式，就各有不同的意思喔！就讓我們一磚一瓦建立與「tempt」相關的字詞，輕鬆和樓上與樓下各個單字混熟吧！

con	tempt	
at	tempt ——→	try
	tempt	

	temper	
	temper	ament
	temper	ature

樓上

❶ **con**tempt → *n.* 蔑視；藐視
　　└→表示「共同」

❷ **at**tempt → *v.* 嘗試
　　└→表示「朝向……」

❸ tempt → *v.* 誘惑；勾引

attempt 的隔壁鄰居
try
→ *v.* / *n.* 試著；嘗試

樓下

❶ temper → *n.* 脾氣；情緒

❷ temper**ament** → *n.* 氣質；性情；性格
　　　　└→名詞字尾

❸ temper**ature** → *n.* 溫度；氣溫

220

進入片語水泥鞏固實力

1. in contempt 鄙視
2. attempt to 嘗試
3. lose one's temper 發脾氣；發怒
4. take one's temperature 幫某人量體溫

打地基的材料不可混淆

attempt/try 都有「試」的意思。attempt 指努力、嘗試，比try較為正式，常暗含困難的意味。try 是一般用法，指試圖、設法去做某事，且很可能成功。

- **He attempted to repair the watch himself but failed.**
  他試圖自己修錶，但沒修好。
- **I tried hard not to laugh.** 我強忍住不笑出。

敲敲成品測試努力成果

1. Some prisoners were caught when they _____ to escape.
   A. tended   B. attempted   C. ought

2. She looked at the begger with _____.
   A. attempt   B. contempt   C. tempt

Answer: 1. B、2. B
中譯：1. 幾名囚犯在企圖逃跑時被抓住了。
2. 她看不起地輕視地輕蔑的態度看向那個乞丐。

tendency

n. 趨向、易於

單字家族裡每個成員看起來很相似,但睜大眼睛看,使用不同的組成方式,就各有不同的意思喔!就讓我們一磚一瓦建立與「tendency」相關的字詞,輕鬆和樓上與樓下各個單字混熟吧!

樓上家族

| trend |
| tender |
| tend ency |
| tend |

樓下家族

| in tend |
| intent |
| intent ion |

樓上

❶ trend → *n.* 趨勢

❷ tender → *adj.* 溫柔的;脆弱的

❸ tendency → *n.* 趨向;易於

❹ tend → *v.* 易於

樓下

❶ intend → *v.* 計畫

❷ intent → *n.* 意圖;意思/*adj.* 熱心的

❸ intention → *n.* 意圖;意向
　　　└─▶名詞字尾

進入片語水泥鞏固實力

1. tend to... 有……傾向；易於……
2. be intent on /upon 致力於；一心一意要
3. to all intents and purposes 幾乎；實際上
4. have no / every intention of Ving 無／有意圖

打地基的材料不可混淆

intend/mean 都有「想做某事」的意思。intend 是正式用法，指心理已有做某事的目標或計畫，含有「行動堅決」之意。mean 強調做事的意圖、較為口語化。

- **I intended to write to you.** 我要給你寫信。
- **I didn't mean to hurt your feelings.** 我不是故意讓你傷心的。

敲敲成品測試努力成果

1. He did something out of place, but I'm sure he_____well.
   A. fit   B. meant   C. did

2. Short hair has come back into _____ these years.
   A. tend   B. trend   C. intent

tense

adj. 拉緊的、緊張的／*v.* 拉緊、使緊張

單字家族裡每個成員看起來很相似，但睜大眼睛看，使用不同的組成方式，就各有不同的意思喔！就讓我們一磚一瓦建立與「tense」相關的字詞，輕鬆和樓上與樓下各個單字混熟吧！

樓上家族

nerv	ous
nerve	
tens	ion
tense	

樓下家族

in	tense	
in	tens	ive
in	tens	ity

樓上

❶ **nervous** → *adj.* 拉緊的；緊張的
 └→形容詞字尾

❷ **nerve** → *n.* 神經

❸ **tension** → *n.* 拉緊；緊張
 └→名詞字尾

❹ **tense** → *adj.* 拉緊的；緊張的／*v.* 拉緊；使緊張

樓下

❶ **intense** → *adj.* 極度的；劇烈的

❷ **intensive** → *adj.* 強烈的；密集的
 └→形容詞字尾

❸ **intensity** → *n.* 強烈；強度

224

進入片語水泥鞏固實力

1. **tense up** 使緊張
2. **nervous breakdown** 精神崩潰
3. **get on one's nerves** 惹怒……
4. **lose one's nerve** 慌張

打地基的材料不可混淆

tense/nervous「緊張」的意思。tense 表示精神緊張時，與nervous同義，但nervous 的語氣較強。

T

- **She is tense because of tomorrow's examinations.**
  她因為明天的考試而緊張。
- **She registered for a one-month intensive English course.**
  她報名了一個月的密集課程。

敲敲成品測試努力成果

1. When the dinner guests argue over political issues, I changed the subject to relax the _____.
   A. tension　　　B. pressure　　　C. trend

2. You should spare no efforts to prepare for the _____ competition.
   A. tension　　　B. intense　　　C. tense

tire

v. 隱退、退休

單字家族裡每個成員看起來很相似，但睜大眼睛看，使用不同的組成方式，就各有不同的意思喔！就讓我們一磚一瓦建立與「tire」相關的字詞，輕鬆和樓上與樓下各個單字混熟吧！

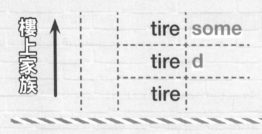
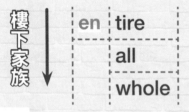

樓上

❶ tire**some** → *adj.* 令人疲倦的；討厭的

❷ tire**d** → *adj.* 疲倦的
　　└──▶形容詞字尾

❸ tire → *v.* 疲倦／*n.* 輪胎

樓下

❶ **en**tire → *adj.* 完整的

❷ all → *adj.* 所有的／*adv.* 所有地／*pron.* 全部／*n.* 全部

❸ whole → *adj.* 全體的；所有的／*n.* 全部；整個

226

進入片語水泥鞏固實力

1. be tired of... 對……感到厭煩
2. after all 畢竟；終究
3. all over 到處；遍及
4. on the whole 一般而言

打地基的材料不可混淆

entire / whole / total 都有「整個」的意思。entire 表整個的完整性。whole 指全部的，沒有被破壞或分開，強調整體性。total 表示全部的、總計的，強調人或物的累積總合。

- **I ate an entire apple.** 我吃掉了整個蘋果。
- **The whole country celebrated the National Day.** 全國都在慶祝國慶日。
- **The club has a total membership of about twenty.**
  這家俱樂部的會員總數約為20人。

敲敲成品測試努力成果

1. _____ of us can be perfectly sure things will turn out well in the future.
   A. All   B. Some   C. None

2. I am really _____ of her bad attitude.
   A. tire   B. tired   C. tiring

中譯：1. 我們所有人可以完全地確定未來的事情會進行順利。
2. 我真的受夠了她差勁的態度。
Answer: 1. C、2. B

227

thick

adj. 厚的、密的、粗的

單字家族裡每個成員看起來很相似，但睜大眼睛看，使用不同的組成方式，就各有不同的意思喔！就讓我們一磚一瓦建立與「thick」相關的字詞，輕鬆和樓上與樓下各個單字混熟吧！

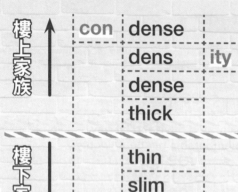

樓上家族 ↑	con	dense	
		dens	ity
		dense	
		thick	
樓下家族 ↓		thin	
		slim	
		slender	

樓上

❶ **condense** → *v.* 濃縮；壓縮
　　└▶表示「共同」

❷ **density** → *n.* 稠密；濃密

❸ **dense** → *adj.* 密集的；緊密的

❹ **thick** → *adj.* 厚的；密的；粗的

樓下

❶ **thin** → *adj.* 薄的；稀薄的；瘦的

❷ **slim** → *adj.* 苗條的；薄的／*v.* 減輕

❸ **slender** → *adj.* 苗條的

進入片語水泥鞏固實力

1. **through thick and thin** 在任何情況下；不計甘苦
2. **thick with** 充滿；填滿
3. **traffic density** 交通量
4. **thick and fast** 大量而急速地

打地基的材料不可混淆

thin/slender/slim 都有「瘦」的意思。thin 是一般的常用詞。slender 指女性身材苗條，纖細、修長。slim 和slender同義，尤指用節食或運動來控制體重的女子。

T

- **He was tall and thin.** 他又瘦又高。
- **She has a slender figure.** 她有著苗條的身材。
- **How do you manage to stay so slim?**
  你是怎麼把身材保持得這麼苗條的？

敲敲成品測試努力成果

1. They _____ their presentation from one hour to 40 minutes.
   A. condensed　　B. deserted　　C. excluded

2. I can hardly see anything in the _____ fog.
   A. think　　B. thick　　C. dense

through

prep. 經過、通過／*adv.* 通過 *adj.* 貫穿的

單字家族裡每個成員看起來很相似，但睜大眼睛看，使用不同的組成方式，就各有不同的意思喔！就讓我們一磚一瓦建立與「through」相關的字詞，輕鬆和樓上與樓下各個單字混熟吧！

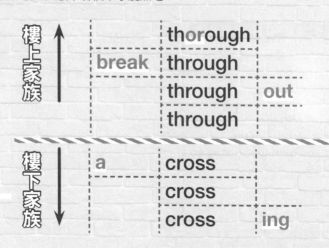

樓上家族		
		thorough
	break	through
	through	out
		through

樓下家族		
	a	cross
		cross
	cross	ing

樓上

❶ **break**through → *n.* 突破

❷ thorough → *adj.* 徹底的；完善的

❸ throughout → *prep.* / *adv.* 遍佈；遍及

❹ through → *prep.* 經過；通過／*adv.* 通過

樓下

❶ **a**cross → *prep.* 橫越／*adv.* 在對面

❷ cross → *n.* 橫越／*v.* 相叉

❸ crossing → *n.* 橫越；橫渡

進入片語水泥鞏固實力

1. go through 經歷；進行
2. all through 始終；一直
3. cross out 劃掉；刪掉
4. zebra / pedestrian crossing 人行穿越道

打地基的材料不可混淆

across/through都有「越過」的意思。across 強調指從事物的表面（上面）穿過。through指從事物的中間穿過。

* **swim across the river.** 游泳渡河
* **go through the forest** 穿越森林

T

敲敲成品測試努力成果

1. The discovery of the new vaccine is an important_____.
   A. breakthrough   B. commitment   C. demonstration

2. It's dangerous to use cell phones while _____ roads.
   A. cross   B. across   C. crossing

tight

adj. 緊的、牢固的／*adv.* 緊緊地、牢固地

單字家族裡每個成員都是相互相依的！就讓我們一磚一瓦建立與「tight」相關的字詞，輕鬆和樓上與樓下各個單字混熟吧！

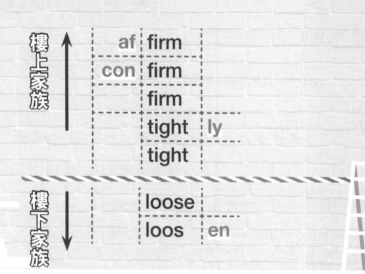

樓上家族		
af	firm	
con	firm	
	firm	
	tight	ly
	tight	

樓下家族		
	loose	
	loos	en

樓上

❶ **affirm** → *v.* 斷言
　└─▶表示「朝向……」

❷ **confirm** → *v.* 證實；確定
　└─▶表示「共同」

❸ **firm** → *adj.* 堅固的／*adv.* 牢固地／*v.* 使堅固

❹ **tightly** → *adv.* 緊緊地
　└─▶副詞字尾

❺ **tight** → *adj.* 緊的；牢固的／*adv.* 緊緊地；牢固地

樓下

❶ **loose** → *adj.* 寬鬆的

❷ **loosen** → *v.* 放鬆

進入片語水泥鞏固實力

1. **be firm in one's beliefs** 堅定信仰
2. **be on firm ground** 立於穩固的基礎上
3. **loosen up** （使）放鬆
4. **loose change** 零錢，硬幣

打地基的材料不可混淆

tight/tightly都有「緊緊地」的意思。兩者均為形容詞tight的副詞，意思相同。但在動詞後，尤其在非正式用語和複合詞中多用tight，而過去分詞前多用tightly。

- **packed tight** 擠得緊緊地
- **a tight fitting lid** 緊實的蓋子
- **Her eyes were tightly closed.** 她的雙眼緊閉著。

敲敲成品測試努力成果

1. I _____ my flight reservation a week before I left for Canada.
   A. expanded   B. attached   C. confirmed

2. The CEO _____ that the launch of the new cellphone was put off.
   A. confronted   B. confirmed   C. conducted

trouble

v. / n. 煩惱、麻煩

單字家族裡每個成員都是相互相依的！就讓我們一磚一瓦建立與「trouble」相關的字詞，輕鬆和樓上與樓下各個單字混熟吧！

樓上家族 ↑

| upset |
| bother |
| trouble |
| harass |

樓下家族 ↓

disturb	
disturb	ed
disturb	ance

樓上

❶ upset → *v.* 擾亂／*n.* 擾亂／*adj.* 擾亂的；心煩的

❷ bother → *v. / n.* 煩惱；打擾

❸ trouble → *v. / n.* 煩惱；麻煩

❹ harass → *v.* 煩惱；騷擾

樓下

❶ dis**turb** → *v.* 打擾；擾亂
　　└→ 表示「騷動」

❷ disturb**ed** → *adj.* 精神不正常的
　　└→ 形容詞字尾

❸ disturb**ance** → *n.* 打擾；擾亂
　　└→ 表示「性質；狀況」

進入片語水泥鞏固實力

1. **in trouble** 陷入困境;有麻煩
2. **trouble-free** 無憂無慮的
3. **cause disturbance** 對……造成混亂
4. **Do not disturb.** 請勿打擾。

打地基的材料不可混淆

disturb/upset都有「打擾、攪亂」的意思。disturb 指長時間心神不寧,或指愈來愈嚴重的不安。upset 指心裡一時失衡,過一段時間即可恢復正常。

- **It disturbed him to realize that he made a big mistake.**
  意識到他犯了個大錯後,他感到十分不安。
- **The result upsets me a lot.** 結果讓我十分不愉快。

敲敲成品測試努力成果

1. She was growing more and more _____ as she saw the news of the hurricane.

    A. disturbed   B. ambitious   C. divorced

2. I know you didn't say it on purpose, but your mean words still _____ me.

    A. upmost   B. harass   C. upset

中譯: 1. 看到颶風三災情,她越來越感到不安。
2. 我知道你不是故意的,但是你那些尖酸刻薄的話還是讓我很傷心。

Answer: 1. **A**、2. **C**

true
adj. 真實的、正確的

單字家族裡每個成員看起來很相似，但睜大眼睛看，使用不同的組成方式，就各有不同的意思喔！就讓我們一磚一瓦建立與「true」相關的字詞，輕鬆和樓上與樓下各個單字混熟吧！

樓上家族

dis	trust
	trust
	truth
	true

樓下家族

real	
real	ize
real	ity

樓上

❶ **dis**trust → *n.* / *v.* 不信任
└─► 表示「不；沒有」

❷ **trust** → *n.* / *v.* 信任

❸ **truth** → *n.* 真相；真理

❹ **true** → *adj.* 真實的；正確的

樓下

❶ **real** → *adj.* 真實的

❷ **real**ize → *v.* 了解；實現
└─► 表示「使成為」

❸ **real**ity → *n.* 真實

進入片語水泥鞏固實力

1. come true （夢想、期望等）實現；成為事實
2. in truth 的確；事實上
3. for real 真正的；確實的
4. in reality 實際上；事實上

打地基的材料不可混淆

trust/confidence/faith都有「信任」的意思。trust指信任某人的善良、真誠等。confidence指對他人的信心、自信、保守秘密的信任。faith 指相信某人的能力、才能或相信會遵守承諾。

- **She puts her trust in him.** 她對他完全信任。
- **He answered the questions with confidence.**
  他信心滿滿地回答了那些問題。
- **They have faith in the government's promises.** 他們相信政府的承諾。

敲敲成品測試努力成果

1. The citizens _____ that keeping the environment clean was everyone's responsibility.
   A. realized　　B. rewarded　　C. assured

2. After ten years of hard work, her dream of becoming a designer finally came _____.
   A. true　　B. truth　　C. trust

237

under

prep. 在……之下／*adv.* 在下面

單字家族裡每個成員看起來很相似，但睜大眼睛看，使用不同的組成方式，就各有不同的意思喔！就讓我們一磚一瓦建立與「under」相關的字詞，輕鬆和樓上與樓下各個單字混熟吧！

樓上家族

| emphasis |
| emphasize |
| under | line |
| under ⟶ below |

樓下家族

| under | neath |
| under | pass |
| beneath |

樓上

❶ emphasis → *n.* 強調；重點

❷ emphasize → *v.* 強調

❸ underline
→ *v.* 在下方畫線；強調／*n.* 底線

❹ under
→ *prep.* 在……之下／*adv.* 在下面

under 的隔壁鄰居

below
→ *prep.* ／ *adv.* 在……之下

樓下

❶ underneath
→ *prep.* 在……下面／*adv.* 在下面／*n.* 下面／*adj.* 底層的；下面的

❷ underpass → *n.* 地下道

❸ beneath → *prep.* 在……下面

進入片語水泥鞏固實力

1. **under a cloud** 情緒低落；名譽受損
2. **put emphasis on** 強調
3. **shift the emphasis** 改變重點
4. **underline / emphasize the need for...** 強調……的需要

打地基的材料不可混淆

below/under都有「在...下面」的意思。below 表示等級的「低」。under 則表示「受……管理、被……領導」。另外，below在表示數量「在…… 以下」時，可和under互換。

- **A captain is below a major.** 上尉的職位低於少校。
- **Mr. Chen works under the new manager.** 陳先生在新經理之下工作。
- **He can't be much below/under sixty.** 他的年齡不可能比60歲小很多。

U

敲敲成品測試努力成果

1. All my friends know Sam is always bragging, so basically he's
   _____.
   A. under a cloud　B. behind his back　C. at face value

2. People always _____ the importance of learning foreign languages.
   A. empower　　　B. emphasis　　　C. emphasize

use
v. / n. 使用、運用

單字家族裡每個成員看起來很相似，但睜大眼睛看，使用不同的組成方式，就各有不同的意思喔！就讓我們一磚一瓦建立與「use」相關的字詞，輕鬆和樓上與樓下各個單字混熟吧！

樓上家族

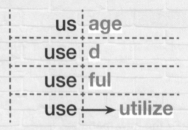

us	age
use	d
use	ful
use	→ utilize

樓下家族

abuse	
abus	ive

樓上

❶ **usage** → *n.* 使用

❷ **used** → *adj.* 用過的；二手的
└→形容詞字尾

❸ **useful** → *adj.* 有用的
└→表示「充滿……的」

❹ **use** → *v. / n.* 使用；運用

use的隔壁鄰居

utilize
→ *v.* 使用；應用

樓下

❶ **abuse** → *v. / n.* 濫用；汙衊

❷ **abusive** → *adj.* 毀謗的
└→形容詞字尾

進入片語水泥鞏固實力

1. in use 在使用中
2. out of use 沒有人再用的；不再被用的
3. make (full) use of... （充分）利用……
4. use up 用完；用光

打地基的材料不可混淆

used to V/ be used to N/doing /be used to V三者的區別。use to V指過去常常做某事，而現在卻不做了，to 後面接動詞。be used to N/doing 指習慣於，to 後面接名詞或ving。be used to V 指被用來……，to 後面接動詞。

- **He used to smoke.** 他過去吸煙（現在不吸了）。
- **You'll soon get used to college life.** 你會很快適應大學生活。
- **Bamboos are usually used to make chopsticks.**
  竹子常被用來製作筷子。

敲敲成品測試努力成果

1. They _____waterfall for producing electric power.
   A. utilize   B. transit   C. surpass

2. Making _____ of what you've learned is one of the point of studying.
   A. usage   B. use   C. utility

中譯：1. 他們利用瀑布來發電。
2. 充分利用所學到的知識是學習的重點之一。
Answer: 1. **A**、2. **B**

unique
adj. 獨一無二的、與眾不同的

單字家族裡每個成員看起來很相似，但睜大眼睛看，使用不同的組成方式，就各有不同的意思喔！就讓我們一磚一瓦建立與「unique」相關的字詞，輕鬆和樓上與樓下各個單字混熟吧！

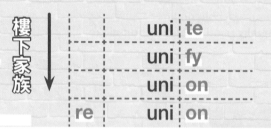

樓上家族

| unique | ness |
| unique | ly |
| unique → rare → uncommon |

樓下家族

	uni	te
	uni	fy
	uni	on
re	uni	on

樓上

❶ **uniqueness** → *n.* 獨特
　　　└→名詞字尾

❷ **uniquely** → *adv.* 獨一無二地
　　　└→副詞字尾

❸ **unique**
→ *adj.* 獨一無二的；與眾不同的

unique 的隔壁鄰居

❶ **rare**
→ *adj.* 罕見的；稀少的

❷ **uncommon**
→ *adj.* 罕見的；不常有的
　　　└→表示「不；沒有」

樓下

❶ **unite** → *v.* （使）結合；（使）團結
　　　└→表「單一」（one）

❷ **unify** → *v.* （使）統一；（使）一致
　　　└→動詞字尾

❸ **union** → *n.* 聯合；合併；公會

❹ **reunion** → *n.* 團聚；團員
　　　└→表「再次」

進入片語水泥鞏固實力

1. **European Union** 歐盟
2. **be united** 團結
3. **student union** 學生會
4. **unique-looking** 造型獨特的

打地基的材料不可混淆

rare / uncommon 都有「稀少」的意思。rare 通常指某件事物很少見、很特殊。uncommon 通常表示某事物是不符合常規的,含有「不正常」的意味。

- **There are rare species in rainforest.** 雨林中有罕見的物種。
- **It's not uncommon for college students to drive a car.**
  大學生開車並非不尋常。

U

敲敲成品測試努力成果

1. If we _____ as one, there is nothing we can't accomplish.
   A. unit   B. unite   C. union

2. It is very _____ to find someone speaks French in Taiwan.
   A. rare   B. uncommon   C. unique

vary

v. 使變化、變化

單字家族裡每個成員看起來很相似，但睜大眼睛看，使用不同的組成方式，就各有不同的意思喔！就讓我們一磚一瓦建立與「vary」相關的字詞，輕鬆和樓上與樓下各個單字混熟吧！

樓上家族

vari	able
vari	ous
vari	ation
vary	

樓下家族

vari	ety
sort	
category	

樓上

❶ variable → *adj.* 多變的；易變的／ *n.* 易變物；變數
└→表示「能……的」

❷ various → *adj.* 各種各樣的
└→形容詞字尾

❸ variation → *n.* 變化；變種
└→名詞字尾

❹ vary → *v.* 使變化；變化
└→表示「變化」

樓下

❶ variety → *n.* 多樣化；種類

❷ sort → *n.* 種類／ *v.* 分類

❸ category → *n.* 種類

進入片語水泥鞏固實力

1. **vary with...** 隨⋯⋯而變化
2. **vary from...** 不同於⋯⋯
3. **a variety of** 各種各樣的⋯⋯
4. **variable in size / shape** 尺寸／形狀多變

打地基的材料不可混淆

variation/variety都有「變化」的意思。variation意為「變化、改變」,強調局部或形式的變化。variety表示「變化、多樣」,可指事物的多樣性,也可指同類事物的不同品種。

- **There are variations in sales numbers.** 銷售的數量有微小變化。
- **He resigned for a variety of reasons.** 他由於種種原因辭職了。

敲敲成品測試努力成果

1. We lead a life full of change and _____, so we never feel bored.
   A. variety   B. danger   C.supply

2. The price of this product _____ from shop to shop.
   A. various   B. variety   C. varies

vent

v. 放出、排出、發洩

單字家族裡每個成員看起來很相似，但睜大眼睛看，使用不同的組成方式，就各有不同的意思喔！就讓我們一磚一瓦建立與「vent」相關的字詞，輕鬆和樓上與樓下各個單字混熟吧！

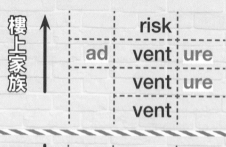

樓上家族

		risk	
	ad	vent	ure
		vent	ure
		vent	

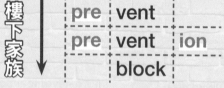

樓下家族

	pre	vent	
	pre	vent	ion
		block	

樓上

❶ risk → *v.* 冒險／*n.* 風險

❷ ad**vent**ure → *n.* 冒險；奇遇

❸ **vent**ure → *v.* 冒險

❹ **vent** → *v.* 放出；排出；發洩

樓下

❶ **pre**vent → *v.* 預防；阻止
　　└─▶表示「事先」

❷ **pre**vent**ion** → *n.* 預防
　　　　└─▶名詞字尾

❸ block → *v.* 妨礙／*n.* 街區；障礙物

進入片語水泥鞏固實力

1. **give vent to** 發洩；表達（感情等）
2. **vent one's anger on sb.** 向某人發洩怒氣
3. **take a risk** 冒險
4. **prevention is better than cure** 預防勝於治療

打地基的材料不可混淆

venture/adventure都有「冒險」的意思。venture有危及人命或錢財的含義。adventure 指很有刺激性的經歷，可能有危險，也可能沒危險，複數 adventures 常用在故事名稱中。

- **Nobody ventured to speak to the angry king.**
  沒有人膽敢對憤怒的國王說話。
- **The boy is reading the Adventures of Sinbad the Sailor.**
  這個小男孩正在讀《辛巴達歷險記》。

敲敲成品測試努力成果

1. For an eight-year-old child, it is quite an _____ to go away from home for several weeks.

   A. advertisement　　　　B. attitude　　　　C.adventure

2. Don't _____ your life by running red lights.

   A. ruin　　　　　　　　B. risk　　　　　　C. ride

vision
n. 視力、願景、眼光

單字家族裡每個成員看起來很相似，但睜大眼睛看，使用不同的組成方式，就各有不同的意思喔！就讓我們一磚一瓦建立與「vision」相關的字詞，輕鬆和樓上與樓下各個單字混熟吧！

樓上家族

tele	vis	ual
	visi	ible
	vis	ion
	vis	ion

樓下家族

visit	
visit	or
guest	

樓上

❶ visual → *adj.* 視覺的
└→表示「具有……性質的」

❷ visible → *adj.* 可看見的
└→表示「可以……的」

❸ television → *n.* 電視

❹ vision → *n.* 視力；視覺；眼光
└→表示「看見」

樓下

❶ visit → *v.* / *n.* 拜訪；訪問

❷ visitor → *n.* 訪客；觀光客
└→表示「做某事的人」

❸ guest → *n.* 客人／*adj.* 客人的／*v.* 款待

進入片語水泥鞏固實力

1. **pay a visit to...** 訪問……；參觀……
2. **on a visit to...** 正在訪問……
3. **20-20 vision** 視力良好
4. **night vision** 夜視能力

打地基的材料不可混淆

visit/call on 都有「拜訪、參觀」的意思。visit指正式的禮節性的拜訪，包括訪問某人，參觀地方等，是及物動詞。call at /on 指隨性順路去了一下某地，或看望某人，與drop in at /on 可以互換。at 後面接地點，on後面接人。

- **President Chen visited American last week.** 陳總統上週拜訪了美國。
- **I will call on my aunt on my way to post office.**
  在去郵局的途中我要順便去看一下我的姑姑。

敲敲成品測試努力成果

1. We need a man of _____to be our college president and lead us to a better future.
   A. vision   B. shame   C. portrait

2. My family _____ my grandparents every two weeks.
   A. view   B. visit   C. vision

中譯：1. 我們需要一個有遠見的人來擔任我們的大學主席，領導我們邁向更好的未來。
2. 我的家人每兩個星期拜訪一次我的祖父母。

Answer: 1. A、2. B

wed

v. 結婚

單字家族裡每個成員都是相互相依的！就讓我們一磚一瓦建立與「wed」相關的字詞，輕鬆和樓上與樓下各個單字混熟吧！

樓上家族

bride	groom
bride	
wedd	ing
wed ⟶	marry

樓下家族

divorce	
divorce	d
divorc	ee

樓上

① **bride**groom → *n.* 新郎

② **bride** → *n.* 新娘

③ **wed**ding → *n.* 婚禮

④ **wed** → *v.* 結婚

wed 的隔壁鄰居

marry → *v.* 結婚

樓下

① **divorce** → *n. / v.* 離婚

② **divorce**d → *adj.* 離婚的
└→形容詞字尾

③ **divorc**ee → *n.* 離婚的人
└→表示「……的人」

進入片語水泥鞏固實力

1. **divorce A from B** 完全區分A和B
2. **be getting a divorce** 正在處理離婚中
3. **get married** 結婚
4. **wedding invitation** 喜帖

打地基的材料不可混淆

wed /marry都有「結婚」的意思。wed是文學和新聞用語,而marry是一般用語。wed 的過去分詞wedded和marry的過去分詞married 均可用來修飾名詞。如:a married /wedded couple(一對夫婦)

• **Peter wedded Jane.** 彼得娶珍妮為妻。
• **She married an engineer.** 她跟一個工程師結婚了。

敲敲成品測試努力成果

1. Because of the rapid increase in the _____rate, custody of children has become an important issue today.
   A. birth   B. death   C. divorce

2. They _____ after five years of separation.
   A. married   B. wedding   C. divorced

2. 他們在五年的分居後離婚了。

中譯:1. 由於離婚率的快速增加,孩子的監護權成為今日各種必須重視的議題之一。

Answer: 1. C、2. C

251

wide
adj. 寬廣的／*adv.* 寬廣地

單字家族裡每個成員看起來很相似，但睜大眼睛看，使用不同的組成方式，就各有不同的意思喔！就讓我們一磚一瓦建立與「wide」相關的字詞，輕鬆和樓上與樓下各個單字混熟吧！

樓上家族

wide	spread
wid	th
wide	n
wide	

樓下家族

spread
scatter
stretch

樓上

❶ widespread → *adj.* 廣布的；流傳廣的

❷ width → *n.* 寬度

❸ widen → *v.* 使變寬；增寬

❹ wide → *adj.* 寬廣的／*adv.* 寬廣地

樓下

❶ spread → *v.* 展開；散布；傳播／*n.* 散布；伸展；桌布

❷ scatter → *v.* / *n.* 散布；散播

❸ stretch → *v.* / *n.* 伸長；伸展

進入片語水泥鞏固實力

1. spread **on /over** 展開；攤開
2. spread **out** （人群等）散開；延伸
3. stretch **out** 延長
4. scatter **A across B** 將A散落在B上

打地基的材料不可混淆

wide / widely 都有「寬廣」的意思。wide著重於「寬」，尤指使開閉之物的開口放寬，從而「安全地、充分地」敞開。widely 著重於「廣」。

● **They are constructing a twelve-feet-wide road.**
他們在鋪設一條十二英尺寬的路。
● **He traveled widely after he retired.** 他在退休後廣遊各地。

敲敲成品測試努力成果

1. Televsion is one of the modern media through which scientific knowledge is _____.
   A. known   B. spread   C. searched

2. Going aboard can _____ your vision.
   A. wide   B. widen   C. spread

win

v. / n. 贏得、贏取

單字家族裡每個成員都是相互相依的！就讓我們一磚一瓦建立與「win」相關的字詞，輕鬆和樓上與樓下各個單字混熟吧！

樓上家族

victor	y
victor	
win	ner
win	

樓下家族

fail	→ defeat
fail	ure
loser	

樓上

❶ **virtory** → *n.* 勝利

❷ **victor** → *n.* 勝利者；戰勝者
└→表示「征服」

❸ **winner** → *n.* 獲勝者；優勝者
└→表示「做某事的人」

❹ **win** → *v. / n.* 贏得；贏取

樓下

❶ **fail** → *v. / n.* 失敗；不及格

❷ **failure** → *n.* 失敗；失策

❸ **loser** → *n.* 失敗者
└→表示「做某事的人」

它的隔壁鄰居

defeat
→ *v. / n.* 擊敗；打敗；挫折

 進入片語水泥鞏固實力

1. **win over...** 説服……；把……爭取過來
2. **win out** 完全成功
3. **without fail** 必定；一定
4. **win-win solution** 雙贏的解決方案

W

 打地基的材料不可混淆

win / beat/defeat都有「戰勝、擊敗」的意思。win主要是指贏得比賽、獎金或戰爭。beat是指打敗人、球隊、部隊等。defeat指在一次交手或一次戰爭中打敗對方。

- **He won the race.** 他贏了這場賽跑。
- **I can easily beat him at golf.** 打高爾夫球時我可以輕易地擊敗他。
- **The enemy had been defeated in the battle.** 敵人在此戰役中戰敗。

敲敲成品測試努力成果

1. Helen _____ to hand in the report on time.
   A. defeated   B. failed   C. relaxed
2. Thomas Edison successfully invented light bulb after 11 times of
   _____.
   A. fail   B. failures   C. losers

Answer: 1. **B** · 2. **B**
中譯：1. 海倫無法準時交報告。
2. 愛迪生在經過11次的失敗後成功的發明了電燈泡。

wonder

n. 驚訝、驚奇／*v.* 感到疑惑／*adj.* 奇妙的

單字家族裡每個成員都是相互相依的！就讓我們一磚一瓦建立與「wonder」相關的字詞，輕鬆和樓上與樓下各個單字混熟吧！

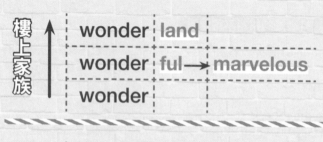

樓上家族

wonder | land
wonder | ful → marvelous
wonder |

樓下家族

confuse |
confuse | d → puzzled
confus | ion

樓上

❶ wonderland → *n.* 仙境

❷ wonderful
→ *adj.* 令人驚奇的；奇妙的
└→表示「充滿……的」

❸ wonder
→ *n.* 驚訝；驚奇／*v.* 感到疑惑／*adj.* 奇妙的

wonderful 的隔壁鄰居
marvelous
→ *adj.* 令人驚訝的
└→形容詞字尾

樓下

❶ confuse → *v.* 使困惑

❷ confused → *adj.* 困惑的

❸ confusion → *n.* 困惑
└→名詞字尾

confused 的隔壁鄰居
puzzled → *adj.* 困惑的
└→形容詞字尾

進入片語水泥鞏固實力

1. **no wonder** 難怪
2. **wonder at...** 對……感到驚奇
3. **confuse with** 混淆
4. **clear up confusion** 澄清困惑

打地基的材料不可混淆

confuse / puzzle 都有「困惑」的意思。confuse 指由於混淆、混亂而感到糊塗。puzzle的語氣較強，指複雜的情況或問題，使人難以理解，而感到傷腦筋。

- **I'm confused by his moody character.** 我被他陰晴不定的性格搞糊塗了。
- **He is puzzled by this complicated stock market.**
  他對複雜的股市感到很困惑。

敲敲成品測試努力成果

1. The detailed directions only _____ me further. Why not make it more simple?

   A. confuse   B. command   C. guide

2. I _____ if he is going to take this challenge.

   A. wander   B. wonder   C. want

worth

adj. 值得的／*n.* 價值

單字家族裡每個成員都是相互相依的！就讓我們一磚一瓦建立與「worth」相關的字詞，輕鬆和樓上與樓下各個單字混熟吧！

樓上家族

worth	while	
worth	y ——→	valuable
worth		

樓下家族

evaluate ——→ estimate
evalua tion

樓上

❶ **worthwhile**
→ *adj.* 值得的

❷ **worthy** → *adj.* 有價值的
└─→ 形容詞字尾

❸ **worth**
→ *adj.* 值得的／*n.* 價值

worthy的隔壁鄰居

valuable → *adj.* 貴重的
└─→ 表示「可以……的」

樓下

❶ **evaluate** → *v.* 估價；評價
└─→ 表示「價值」

❷ **evaluation** → *n.* 估價；評價
└─→ 名詞字尾

evaluate的隔壁鄰居

estimate
→ *v.* / *n.* 估價；評價

進入片語水泥鞏固實力

1. **be worth doing...** 值得做……
2. **worth sb's while** 對某人有利益或有好處
3. **be worthy of** 值得
4. **carry out an evaluation** 進行評估

W

打地基的材料不可混淆

worth/worthwhile/worthy都有「值得」的意思。worth意為「值……錢、值得……的」。worthwhile 意為「值得做的、有價值的」，後面可接to V 或ving。worthy指「有價值的、可尊敬的」，也可指「值得的、配得上的」，常與of搭配，後面可接to V或ving。

- **The house is worth a lot of money. = The house is worthy of a lot of money.** 這幢房子值一大筆錢。
- **The matter is worth considering. = The matter is worthy to be considered/of being considered. = It is worthwhile considering / to consider the matter.** 這件事值得考慮。

敲敲成品測試努力成果

1. **I think this new program will be _____ of your effort.**
   A. cautious　　　B. fruitful　　　C. worthy

2. **The purpose of tests is to _____ the students' learning progress.**
   A. worth　　　B. evaluate　　　C. wonder

young

adj. 年輕的／*n.* 年輕人

單字家族裡每個成員看起來很相似，但睜大眼睛看，使用不同的組成方式，就各有不同的意思喔！就讓我們一磚一瓦建立與「young」相關的字詞，輕鬆和樓上與樓下各個單字混熟吧！

樓上家族

youth	ful
youth	
young	ster
young	

樓下家族

im	mature	→ childish
im	matur	ity
mature	
matur	ity	→ adulthood

樓上

❶ youthful　→ *adj.* 年輕的；年少時期的
　　　└─→表示「充滿……的」

❷ youth　　　→ *n.* 年少時期

❸ youngster → *n.* 年輕人
　　　└─→表示「某種族群的人」

❹ young　　　→ *adj.* 年輕的；沒有經驗的／*n.* 年輕人

樓下

❶ immature　→ *adj.* 不成熟的；幼稚的
　　　└─→表示「不；沒有」

❷ immaturity → *n.* 不成熟；未成年

❸ mature
　→ *adj.* 成熟的；成年的／*v.* 使成熟；完善

❹ maturity　　→ *n.* 成熟；完善

immature 的隔壁鄰居

childish
　　　└─→表示「有……性質的」
→ *adj.* 不成熟的；幼稚的；孩子氣的

maturity 的隔壁鄰居

adulthood
　→ *n.* 成年；成人期
　　　└─→表示「某個特定時期」

進入片語水泥鞏固實力

1. **immature fruit** 未成熟的水果
2. **the young = young people** 年輕人
3. **being immature / childish** 表現幼稚
4. **reach maturity** 到達成熟期

Y

打地基的材料不可混淆

childish / childlike 都有「孩子般的」的意思。childish 通常指行為上像小孩般幼稚、不成熟。childlike 通常指個性、外貌等方面像小孩般年輕。

- **She retains a childlike sense of wonder.** 她仍然有一種孩子般的好奇心。
- **Stop being childish! You are a grown-up now.**
  不要再這麼幼稚了！你已經是大人了。

敲敲成品測試努力成果

1. The documentary follows her life from _____ to her rise to stardom.
   A. youth　　　　B. youngster　　　　C. immature

2. I think it is _____ of you to do such a behavior.
   A. youthful　　　　B. young　　　　C. childish

zeal

n. 熱忱；熱心

單字家族裡每個成員看起來很相似，但睜大眼睛看，使用不同的組成方式，就各有不同的意思喔！就讓我們一磚一瓦建立與「zeal」相關的字詞，輕鬆和樓上與樓下各個單字混熟吧！

樓上家族			
	zeal	ot	
	zeal	ous	ness
	zeal	ous	
	zeal		

樓下家族		
enthusias	m → passion	
enthusias	tic	
enthusias	t	

樓上

❶ zealot → *n.* 狂熱者；熱心者

❷ zealousness → *n.* 熱忱；熱心
　└→名詞字尾

❸ zealous → *adj.* 熱心的；熱烈的
　└→形容詞字尾

❹ zeal → *n.* 熱忱；熱心

樓下

❶ enthusiasm
→ *n.* 熱忱；熱心；熱衷的事物

❷ enthusiastic → *adj.* 熱心的；熱烈的；熱忱的
　└→形容詞字尾

❸ enthusiast → *n.* 熱烈支持者；熱心者

enthusiasm 的隔壁鄰居

passion
→ *n.* 熱忱；熱心

英語學習 系列 017

字首、字根、字尾神奇邏輯記憶法：從一個單字建造出英語大樓

神奇邏輯記憶法，拆解超難纏的英單！

作　　　者	許錡（許豪英語教學團隊）◎著
顧　　　問	曾文旭
社　　　長	王毓芳
編輯統籌	耿文國
主　　　編	吳靜宜
執行編輯	廖婉婷、黃韻璇、潘妍潔
美術編輯	王桂芳、張嘉容
封面設計	張嘉容
法律顧問	北辰著作權事務所　蕭雄淋律師、幸秋妙律師

初　　　版	2021年08月
出　　　版	捷徑文化出版事業有限公司——資料夾文化出版
電　　　話	（02）2752-5618
傳　　　真	（02）2752-5619

定　　　價	新台幣320元／港幣107元
產品內容	1書

總 經 銷	知遠文化事業有限公司
地　　　址	222新北市深坑區北深路3段155巷25號5樓
電　　　話	（02）2664-8800
傳　　　真	（02）2664-8801

港澳地區總經銷	和平圖書有限公司
地　　　址	香港柴灣嘉業街12號百樂門大廈17樓
電　　　話	（852）2804-6687
傳　　　真	（852）2804-6409

▶本書部分圖片由Shutterstock、freepik提供

捷徑Book站

現在就上臉書（FACEBOOK）「捷徑BOOK站」並按讚加入粉絲團，
就可享每月不定期新書資訊和粉絲專享小禮物喔！

http://www.facebook.com/royalroadbooks
讀者來函：royalroadbooks@gmail.com

國家圖書館出版品預行編目資料

字首、字根、字尾神奇邏輯記憶法：從一個單字建造
出英語大樓 / 許錡（許豪英語教學團隊）著. -- 初版.
-- 臺北市：資料夾文化, 2021.08
面；　公分
ISBN 978-986-5507-71-8(平裝)
1. 英語　2. 詞彙
805.12　　　　　　　　　　　　　　108021470

進入片語水泥鞏固實力

1. **an enthusiast about...** ……的熱衷者
2. **be enthusiastic about...** 對……表現熱衷
3. **be zealous in Ving...** 對……表現熱衷

打地基的材料不可混淆

zeal / enthusiasm / passion都有「熱情」的意思。zeal 有強烈做某事的慾望、熱情，以及辛勤努力的意思，後面接 for。enthusiasm 表示對某件事情濃厚的興趣。passion 指心裡強烈的一種情感，後接 for。

- **His zeal / enthusiasm / passion is fading away.** 他的熱情逐漸消逝了。
- **Environmental protection is his lifelong passion.**
  環境保護是他一生的熱情所在。

敲敲成品測試努力成果

1. Her writing is full of _____ and energy.
   A. passion　　B. patient　　C. zealot

2. He is an _____ about NBA.
   A. zeal　　B. enthusiast　　C. enthronement